은혜기억

은혜기억

발행일	2023년 1월 1일

지은이	황세진		
펴낸이	손형국		
펴낸곳	(주)북랩		
편집인	선일영	편집	정두철, 배진용, 김현아, 류휘석, 김가람
디자인	이현수, 김민하, 김영주, 안유경	제작	박기성, 황동현, 구성우, 권태련
마케팅	김회란, 박진관		

출판등록 2004. 12. 1(제2012-000051호)
주소 서울특별시 금천구 가산디지털 1로 168, 우림라이온스밸리 B동 B113~114호, C동 B101호
홈페이지 www.book.co.kr
전화번호 (02)2026-5777   팩스 (02)3159-9637

ISBN   979-11-6836-661-9 03810 (종이책)   979-11-6836-662-6 05810 (전자책)

(주)북랩 성공출판의 파트너

북랩 홈페이지와 패밀리 사이트에서 다양한 출판 솔루션을 만나 보세요!

홈페이지 book.co.kr   •   **블로그** blog.naver.com/essaybook   •   **출판문의** book@book.co.kr

작가 연락처 문의 ▸ ask.book.co.kr

작가 연락처는 개인정보이므로 북랩에서 알려드릴 수 없습니다.

은혜 기억

황세진 지음

 북랩

프롤로그

받은 복을 세어 보아라♪

크신 복을 네가 알리라♪

받은 복을 세어 보아라♪

주의 크신 복을 네가 알리라♪

<찬송가 429장>

어느 날 말씀을 묵상하는데 내 머릿속에 이 찬송가의 음정이 반복 재생되기 시작했다. 나는 평소에도 마음속에 항상 음악이 흐르고 있을 때가 많다. 그런데 찬송가 429장 후렴은 몇날 며칠이 지나도 멜로디가 반복되어 내 입으로 흘러나왔다. 그때 묵상한 말씀은 시편 77편 11~12절 말씀이다.

곧 여호와의 옛적 기사를 기억하여 그 행하신 일을 진술하리이다 또 주의 모든 일을 묵상하며 주의 행사를 깊이 생각하리이다이 말씀을 묵상할 때 하나님께서 말씀해주셨다.

받은 은혜를 기억하라. 내가 너에게 행한 일을 기록하라.

하나님은 나에게 주신 은혜를 기억하기를 원하셨다. 하나님의 은혜를 세어보면 얼마나 많은 은혜를 받았는지 깨닫게 된다. 그 은혜를 기억할 때 믿음이 생기고, 그 믿음으로 사명을 성취하는 데까지 나아가게 된다.

출애굽기에 보면, 이스라엘 백성은 애굽의 노예로 살고 있었다. 하나님은 모세에게 이스라엘 백성을 애굽으로부터 해방시키고, 꿈의 땅인 가나안 땅으로 인도하는 비전을 주셨다. 애굽에 열 가지 재앙을 내리시고 홍해를 가르는 기적을 행하셨다.

하지만 이스라엘 백성은 며칠 지나지 않아서 원망하기 시작한다. 이스라엘 백성의 특기는 원망이다. 물이 없다고 원망한다. 물을 줬더니 먹을 게 없다고 원망한다. 만나를 줬더니 고기가 없다고 원망한다. 원망의 하이라이트는 민수기 13장과 14장에 나오는 정탐꾼의 보고를 들은 후의 원망이다. 12명 정탐꾼 중에 10명은 가나안 땅에 대해 부정적으로 보고한다.

반면 여호수아와 갈렙은 믿음의 보고를 한다. 하지만 이스라엘 백성은 10명의 부정적인 보고에 마음이 넘어가서 하나님께 심한 원망을 쏟아놓는다. 원망을 들으신 하나님은 민수기 14장 27~30절에서 이렇게 말씀하셨다.

나를 원망하는 이 악한 회중을 내가 어느 때까지 참으랴 이스라엘 자손이 나를 향하여 원망하는 바 그 원망하는 말을 내가 들었노라 그들에게 이르기를 여호와의 말씀에 나의 삶을 가리켜 맹세하노라 너희 말이 내 귀에 들린 대로 내가 너희에게 행하리니 너희 시체가 이 광야에 엎드러질 것이라 너희 이십 세 이상으로 계수함을 받은 자 곧 나를 원망한 자의 전부가 여분네의 아들 갈렙과 눈의 아들 여호수아 외에는 내가 맹세하여 너희로 거하게 하리라 한 땅에 결단코 들어가지 못하리라

하나님께서 행하신 놀라운 일을 기억하지 않고 원망한 사람은 가나안 땅에 들어가지 못하게 되리라는 내용이다. 그 결과 원망한 이스라엘 백성은 모두 광야에서 죽게 되고, 믿음의 고백을 한 여호수아와 갈렙, 그리고 다음 세대의 이스라엘 백성이 가나안 땅에 들어가게 된다.

이스라엘 백성이 가나안 땅에 들어가지 못한 이유가 무엇인

은혜기억

가? 하나님을 원망했기 때문이다. 그렇다면 하나님을 원망한 이유는 무엇인가? 하나님의 은혜와 기적, 그리고 축복을 기억하지 않았기 때문이다.

예수님을 믿고 성령으로 거듭난 순간 우리에게 구원을 주신다. 또한 하나님 안에 거하고 말씀에 순종할 때 은혜와 축복을 내려주신다. 예수님을 믿으면서 아무런 일이 일어나지 않는다면 그것이 기적이다. 하나님은 우리 삶에 놀라운 일을 행하신다. 간증을 주신다. 하나님의 은혜와 기적과 축복을 기억하면 하나님과 친밀해진다. 살아계신 하나님을 믿는 믿음이 굳건해진다. 그 믿음으로 하나님의 비전과 사명을 이루는 데까지 나아가게 된다.

연약한 자에게 주시는 은혜

필자는 사회적으로 성공한 사람이나 유명인이 아니다. 또한 교회에서도 전도왕이나 특별한 사역을 하는 사역자가 아니다. 흔히 볼 수 있는 평범한 성도다.

필자의 어린 시절을 돌이켜보면 평범한 삶, 아니 평범 이하의 연약한 삶을 살아왔다. 몸이 허약하고, 공부도 잘하지 못했고, 특별한 능력이 있는 것도 아니었다.

성악을 전공했기 때문에 재능과 은사, 능력의 차이가 얼마나 큰지를 뼈저리게 경험했다. 원하는 대학에 가기까지 고2, 고3, 재수, 삼수까지 하면서 최선의 노력을 다했다. 대학 동기 중에는 성악을 6개월 배워서 합격한 사람이 있다. 재능의 차이가 매우 크다.

약한 재능, 허약한 체력, 부족한 지능을 가지고 살아왔지만, 하나님을 의지하면 그 연약함도 강함이 될 수 있다는 것을 체험했다. 또한 약해도 주님 안에서 성장하고, 주님께 쓰임 받을 수 있다는 것을 경험했다.

이 책의 첫 번째 독자는 바로 필자다. 인생의 하프타임을 지나면서 그동안 부어주셨던 하나님의 은혜를 정리하고 기억하는 것이 가장 큰 목적이다. 하나님께 원망하지 않고, 주신 은혜에 감사하며, 새로운 비전과 사명을 품고 나아가기 위해서다.

두 번째 독자는 자녀들이다. 이 책을 통해서 아버지가 경험한 은혜를 전수하길 원한다.

네 자녀에게 부지런히 가르치며 집에 앉았을 때에든지 길을 갈 때에든지 누워 있을 때에든지 일어날 때에든지 이 말씀을 강론할 것이며 …

신명기 6:7

세 번째 독자는 필자처럼 연약한 성도들이다. 재능, 능력, 은사는 부족하지만 하나님을 의지함으로써 하나님의 강함을 경험하고, 하나님께 쓰임받길 원하는 성도에게 조금이나마 도움이 된다면 이 책의 목적은 다했으리라고 생각한다.

이제 은혜의 기억 속으로 들어가 보자.

목차

프롤로그 • **4**

01 나를 향한 하나님의 계획 • **14**

02 하나님을 멀리하면 고난이 찾아온다. • **50**

03 군대에서 하나님을 의지하다! • **59**

04 입이 뻣뻣하고 혀가 둔한 자 • **68**

05 레슨, 대학원, 유학의 갈림길에서 • **73**

06 어떤 책을 읽을까요? • **80**

07 조지 뮬러 기도 따라하기 • **88**

08 음악해서 밥은 먹고 살겠어? • **112**

09 책 한 권 쓰는 소원 • **121**

10 피터 드러커의 공부법 • **128**

11 유튜브에 대해 마음을 주시다 • **152**

12 돈 사랑 Vs 하나님 사랑 • **155**

13 존 비비어의 구원 • **169**

14 주께 가까이 • **184**

에필로그 • **195**

은
혜
기
억

01 나를 향한 하나님의 계획

"하나님은 당신을 사랑하시며, 당신을 위한 놀라운 계획을 가지고 계십니다."

사영리 제1 원리

칭찬 한마디

나는 어릴 때부터 허약한 아이였다. 입이 까다로워 잘 먹지 않았다. 편식하다 보니 키가 작은 편이었고 몸도 왜소했다. 어머니는 내가 말을 늦게 시작했다고 했다. 그래서 그런지 말이 어눌한 편이었고 성격도 내성적이었다. 의욕도 별로 없는 심약한 아이였다.

초등학교 3학년 때 체육시간에 달리기를 하고 있었는데, 갑자기 어지러워서 스탠드 한쪽에 몇 분간 앉아있었다. 양호실에 가서 누워 있는데 빈혈이라고 했다. 그때 부모님이 건강을 위해 유도를 시작하게 하셨다. 공부는 못하는 편이었다. 학교에서 선생님께 칭찬 한 번 들어본 적이 없는 학창 생활을 하고 있었다.

초등학교 3학년 1학기 때 리코더를 배웠다. 처음 해 보는 것이어서 좋은 소리가 나오지는 않았지만, 방과 후 집에 와서 연습하면서 조금씩 나아졌다. 그렇게 한 달 정도 연습하고 시험을 쳤다. 그저 평범한 수준이었다. 2학기가 될 때 다른 동네로 이사를 가게 되어서 전학가게 되었다. 그런데 전학 간 학교에서는 2학기에 리코더를 가르쳐주었다. 나는 이미 배웠을 뿐만 아니라 연습도 많이 했기 때문에 다른 학생보다 더 잘할 수 있었다. 선생님은 다른 학생보다 더 뛰어난(?) 나를 칭찬해 주셨다. 학교에 다닌 이후 처음으로 칭찬받은 것이었다. 칭찬을 받고 정말 기뻤다. 나도 잘할 수 있는 것이 있다는 것을 알고 자신감이 생기기 시작했다.

4학년이 되면서 담임선생님이 바뀌었다. 우연히 3학년 때 담임선생님을 복도에서 마주칠 때면, "세진아! 요즘도 리코더 잘 불고 있지?"라며 칭찬해주셨다. 선생님의 칭찬을 들으면서 이런 생각을 하기 시작했다.

'내가 음악에 소질이 있을지도 몰라!'

다른 과목의 성적은 나빴지만 음악 성적은 좋았다. 음악을 좋아하게 되었기 때문이다.

교회에는 부활절과 성탄절에 선물을 받으러 몇 번 갔다가 6학년 때부터 정기적으로 다녔다. 6학년 어느 날 예배를 드리고 있었는데, 내 시선이 성가대로 향했다. 자줏빛 색깔의 가운을 입고 찬양하는 친구들이 부러웠다. 나도 같이 노래하고 싶었다. 그런데 성가대에 아는 친구가 없어서 마음만 가지고 있었을 뿐, 성가대에 들어가지는 못했다.

초등학교 3학년 때부터 몇 년간 유도를 배워서 운동을 잘하게 되었다. 6학년 마칠 때쯤, 유도부가 있는 중학교에 가는 것이 어떨까 고민하게 되었다. 당시에 한국 유도선수들이 올림픽에서 금메달을 따는 것을 보면서 유도선수가 되는 꿈을 가지게 되었기 때문이다. 그래서 부모님께 유도부가 있는 중학교에 가는 것이 어떻겠냐고 여쭈었다. 하지만 부모님은 내가 4

년 동안 운동을 하면서 건강해졌기 때문에 이제 운동을 그만 하기를 원하셨다. 그래서 운동을 그만두고 집 근처의 일반 중학교에 진학하게 되었다.

노래에 빠지다

중학생이 되었을 때, 교회 중등부에서 성가대원을 새롭게 모집했다. 조금도 주저하지 않고 성가대에 들어갔다. 교회에 가는 것이 즐거웠다. 성가대에서 노래할 수 있었기 때문이다. 여학생은 소프라노 파트를, 남학생은 알토 파트를 했다. 소프라노 파트는 주로 멜로디를 했기 때문에 음정 잡는 것이 쉬운 편이었다. 하지만 알토 파트는 화음으로 진행되는 부분이 많기 때문에 더 많은 연습이 필요했다. 처음에는 음정을 잡기 쉽지 않았지만, 주일마다 연습하면서 점점 쉬워졌다. 작은 규모의 성가대였지만 함께 연습하고 찬양하는 것이 즐거웠다.

어느 날 사촌형이 '주찬양'이라는 CCM 음반을 선물로 줬다. 그 음반이 좋아서 매일 들었다. 자주 들으니까 자주 부르게 되었다. 반복해서 듣고 연습하는 것이 즐거웠다. 다른 것은 잘하는 것이 별로 없었지만, 노래와 운동은 점점 잘하게 되었다. 학과 성적은 음악과 체육 외에는 좋지 않은 편이었다.

중학교 2학년 담임선생님은 물상(과학)을 전공하신 분이었다. 선생님은 학생들을 진심으로 아끼고 인격적으로 대했다. 칭찬과 격려를 아끼지 않으셨다. 나는 선생님이 좋아서 물상을 공부하게 되었다. 수업 시간에 열심히 듣고 문제집도 풀었다. 선생님 덕분에 물상 성적이 올라갔다.

여름방학 때 물상 문제집을 풀고 있는데, 우연히 바로 옆에 있던 수학 문제집이 내 눈에 들어왔다. 물상과 비슷한 이과 계통의 과목이라서 그런지 재미있었다. 방학 동안 두 과목의 문제집을 풀면서 성적이 올라갔다. 그래서 음악, 체육, 물상, 수학, 네 과목은 다른 과목에 비해 성적이 좋은 편이었다. 그 결과 1학년 때 중하위권에서 2학년 때 중위권으로 성적이 올랐다.

결정적으로 3학년 때 대단한 선생님을 만났다. 그분은 학교에서 가장 무섭고 엄격한 선생님이었다. 1학기 중간고사를 치르고 시험 결과에 따라 학생을 대우했다. 2학년 성적에 비해서 떨어진 학생은 몽둥이 10대, 성적이 비슷한 학생은 5대를 맞고, 성적이 오른 학생은 맞지 않았다. 내 성적은 2학년에 비해 비슷했기 때문에 5대를 맞았다. 당시에 운동으로 다져진 몸이었기 때문에 잘 버티는 편이었지만, 그날 허벅지에 매를 맞고 무릎을 꿇게 되었다. 좋은 방법은 아니었지만, 매를 맞고 열심히 공부했다. 그 결과 3학년 성적을 중상위권으로 올리게 되었다.

3학년 어느 날 교회에서 콘서트를 했다. 중학교 1학년 때 사촌 형이 선물했던 음반의 주인공인 주찬양 찬양선교단의 공연이었다. 선교단의 단장은 서울대 음대 성악과 출신의 CCM 가수이자 작곡가인 최덕신 씨였다. 가장 앞자리에서 그분의 노래를 들으면서 감동의 도가니에 빠지게 되었다. 밤에 잠이 오지 않을 정도로 흥분했다. 주찬양 2집부터 5집까지 모든 음반을 구입해서 감상했다. 매일 찬양을 들으니까 가사가 외워졌다. 시간만 나면 소리를 내면서 찬양을 연습했다. 때마침 교회에서 찬양경연대회를 했다. 다른 것은 몰라도 노래에는 자신이 있었기 때문에 한 곡을 열심히 준비해서 대회에 나갔다.

나의 사랑하는 주님
나를 지켜주시고
나의 사랑하는 주님

나와 함께 하소서

나의 약한 힘으로는

바르게 살 수 없고

나의 약한 의지론

주님 뜻을 이룰 수 없어요

준비한 대로 열정적으로 찬양을 부르고 시상을 기다렸다. 드디어 결과가 발표되었다. 3등, 2등. 내 이름은 발표되지 않았다. 마지막으로 1등이 발표되었다.

"1등 황세진!"

내 인생 처음으로 1등을 했다. 상도 받고 박수도 받았다. 내가 좋아하는 노래를 불렀는데, 상도 받고 박수도 받다니. 정말 행복했다.

얼마 지나지 않아 한국 최고의 CCM 가수가 KBS 홀에서 공연한다는 소식을 들었다. 박종호 콘서트였다. 박종호 씨는 서울대 음대 성악과 출신의 CCM 가수였다. 친구와 함께 공연을 보러 갔다. 콘서트 시작부터 끝날 때까지 내 몸에 전율이 떠나지 않았다. 테너의 아름다운 음성과 감미로운 음색,

영혼을 뒤흔드는 음악성에 완전히 매료되었다. 탁월한 실력으로 하나님을 찬양하는 것이 너무나 멋져 보였다.

공연이 끝나자마자 무대 뒤로 찾아갔다. 사인을 받고 싶었기 때문이다. 그런데 종이가 없어서 오른팔 소매를 걷어서 팔에 사인을 받았다. 그 사인을 몇 날 며칠 동안 씻지 않고 간직했다. 그리고 모든 음반을 구입해서 하루에 두세 시간씩 들으며 즐겁게 감상했다.

그즈음에 어떤 고등학교에 가야 할지 고민에 빠지게 되었다. 성가대에서 소프라노였던 친구는 예술고등학교를 준비하고 있었다. 나도 그 친구처럼 성악레슨을 받고 싶었다. 예고에도 가고 싶었다. 그래서 부모님께 예고에 가고 싶다고 말씀드렸는데, 한마디로 거절하셨다. 왜냐하면 우리 집 사정이 넉넉하지 못했기 때문이었다. 실망했지만 형편을 알고 있었기 때문에 부모님 말씀을 그냥 받아들일 수밖에 없었다.

예고를 포기하고 인문계를 갈 것이냐 공업고등학교를 갈 것이냐를 고민했다. 당시 연합고사 성적은 공고가 더 높았다. 공고에 가서 기술을 배울까 생각도 했지만, 인문계 고등학교에 가서 이공계 대학에 가는 것이 좋겠다고 결론을 내렸다.

첫 번째 기회

고등학교에 진학해서 첫 시험을 치르고 나서 절망했다. 성적이 중하위권으로 떨어졌기 때문이다. 그 성적표를 보면서 어떤 대학에 갈수 있을까 생각해보았다. 고3 때까시 중위권까지 성적을 올리면 전문대에 갈 수 있으리라는 생각을 하게 되었다. 전문대에 가서 기술을 배워 취직하는 목표를 가지게 되었다. 우울한 성적이었다.

하지만 나에게 즐거운 시간이 기다리고 있었다. 그것은 음악시간이다. 내가 입학할 때 음악 선생님이 새롭게 오셨다. 첫 음악 시간에 선생님을 보고 감동하지 않을 수 없었다. 성악을 전공하신 음악 선생님이 멋진 가곡을 불러주셨기 때문이다. 음악 교사면서 무대에서도 많은 연주를 하고 있는 분이셨다. 선생님은 테너의 멋진 고음과 파워풀한 소리로 노래를 불러주셨다. 첫 시간부터 성악에 완전히 빠져들게 되었다.

더 놀라운 사실은 음악 선생님이 합창단을 만들었다는 것이다. 학년별로 50명씩, 총 100명의 규모로 합창단을 만들었다. 당연히 나도 합창단에 들어가게 되었다. 파트는 4파트로 테너 1, 테너 2, 바리톤, 베이스였다. 나는 변성기가 지난 이후로 목소리가 굵어져서 베이스로 배정받았다.

합창 연습은 매일 점심시간과 일주일에 한 번 특별활동 시간에 진행되었다. 그 시간은 나에게 천국이었다. 연습 시간에 성악 발성법을 배우고, 파트 연습, 곡 해석, 음악성 표현하기 등을 구체적으로 배웠다. 가장 앞자리에 앉아서 선생님이 가르쳐주시는 것을 모두 소화하기 위해서 최선을 다했다. 그렇게 수개월이 지나면서 내 실력은 더욱 향상되었다.

1학년 2학기 음악실기 시험이 결정되었다. 가창 시험이었다. 베토벤의 'Ich liebe dich'라는 곡을 원어로 부르는 시험이었다. 나는 이 곡을 좋아했기 때문에 독일어 딕션을 연습하고, 음정과 박자를 맞추며 합창에서 배운 발성으로 열심히 준비했다. 시험 치는 날에 선생님 앞에서 자신 있게 노래를 불렀다. 선생님은 노래를 들으시고, 수업 후에 찾아오라고 하셨다.

선생님은 말씀을 꺼내셨다.

"세진아, 성악 전공해볼래?"

가슴이 뛰기 시작했다. 예고 진학을 포기한 나에게 성악을 가르쳐주시겠다는 것이었다. 선생님이 1년 동안 나를 지켜보았는데, 나처럼 열정적으로 노래하는 학생을 본 적이 없다고 하셨다. 재능도 있고 열정도 있으니 노래를 정식으로 배워보라고 권하셨다.

더욱 놀라운 것은 그다음 말씀이었다.

"세진이의 재능을 볼 때, 전공하면 서울대까지 바라볼 수 있겠어!"

충격적인 말씀이었다. 당시 나의 목표는 성적을 중위권까지 올려서 전문대에 가는 것이었다. 그런 나에게 서울대는 꿈도 꿔보지 못한 학교였다. 내가 그토록 감동받았던 최덕신, 박종호 씨가 졸업한 서울대 음대 성악과에 내가 갈 수 있으리라고는 상상도 할 수 없었다. 그런데 선생님은 나에게 꿈과 같은 학교를 목표로 제시한 것이었다.

머릿속이 멍해지면서도 정말 기뻤다. 왜냐하면 내가 존경하는 선생님이 나를 인정해주셨기 때문이다. 서울대 성악과에 갈 수 있을지 없을지는 모르겠지만, 나에게 가능성이 있는 것만으로도 가슴이 벅차올랐다. 너무 흥분해서 집에 어떻게 갔

은혜기억

는지 기억이 나지 않을 정도였다.

집에 가자마자 부모님께 이 기쁜 소식을 알려드렸다. 그런데 부모님의 반응은 냉담했다. 우리 집 형편이 어렵기 때문에 성악을 공부하는 것이 힘들겠다는 것이다. 부모님의 말씀이 어떤 말씀인지 알고 있었다. 하지만 이번에는 포기할 수 없었다.

다음날 선생님께 찾아가서, 부모님이 반대하셔도 레슨을 받을 수 있는지를 조심스럽게 여쭤보았다. 선생님은 단호하게 안 된다고 말씀하셨다. 부모님의 도움이 있어야만 공부할 수 있다고 말씀하셨다. 그래서 다시 부모님께 간청했다. 이번만은 꼭 성악을 배우고 싶다고 말씀드렸다.

그러자 부모님은 이렇게 말씀하셨다.

"얼마나 많은 학생이 뛰어난 대학 교수님께 레슨을 받니. 그렇게 해도 좋은 대학에 가는 것이 쉽지 않을 거야. 하물며 부산에서 평범한 선생님께 배워서 어떻게 서울대에 들어갈 수 있겠니."

그 말씀을 듣고 보니 나는 할 말이 없었다. 내가 생각해봐도 부모님의 말씀이 옳지만, 그럼에도 불구하고 포기할 수 없었다. 그날 밤 이불 속에서 무릎을 꿇고 엎드려서 하나님께 기도했다.

'하나님! 인생에 기회가 세 번 정도 왔다가 지나간다고 들었습니다. 이번 기회가 그 기회 중 하나라고 생각합니다. 성악을 공부할 수 있도록 도와주세요!'

간절히 기도했다. 나의 성격은 부모님께 순종하는 스타일이기 때문에, 고집을 부린 적이 없었다. 그러나 이번만은 쉽게 물러설 수 없었다. 내 인생의 방향이 결정될 중요한 기로에 있었기 때문이다.

다음날 부모님께 다시 말씀드렸다.

"우리 집 형편이 어려운 것 알고 있어요. 그리고 유명 대학 교수님께 배워야 좋은 대학 갈 수 있는 것도 알고 있어요. 그래도 꼭 배워보고 싶어요."

이번에는 이런 말씀을 하셨다. 남자가 음악해서 어떻게 돈 벌며 살겠느냐, 예술은 배고픈 직업이라고 말씀하셨다. 경제적으로 어렵지 않았다면 그렇게 말씀하시지 않았을 것이다.

그 말씀을 듣고 보니 틀린 말씀이 아니었다.

하지만 그럼에도 불구하고 물러날 수 없었다. 나도 모르게 눈물이 났다. 너무나 간절한 나머지 부모님께 무릎 꿇고 눈물을 흘리면서 도와달라고 말씀드렸다. 부모님은 아무 대답도 못 하시고, 그렇게 시간은 흘러갔다.

무릎 꿇고 눈물 흘리는 아들의 간절함 때문이었는지, 어머니는 말씀하셨다.

"이렇게 간절히 원하는 모습은 처음 본다. 아무리 어려워도 빚을 내서라도 도와줄 테니 열심히 해 보자!"

마침내 허락해주셨다. 정말 기뻐서 하늘을 날 듯했다.

'하나님 감사합니다. 열심히 하겠습니다. 도와주세요.'

2학년이 되면서 성악레슨을 받기 시작했다. 그토록 받아보고 싶었던 레슨이었다. 이제 꿈의 학교에 갈 생각을 하니 가슴이 벅차올랐다. 서울대를 목표로 노래와 공부를 시작했다. 기대감을 가지고 레슨을 받았다. 예상했던 것처럼 레슨은 정말 즐거웠다. 발성법을 배우면서 호흡과 공명을 구체적으로 배워나갔다. 이탈리아 가곡을 공부했는데, 처음 배워보는 이탈리아어 딕션이었지만, 선생님이 알려주시는 대로 익혔다. 레슨이 참 즐거웠다. 배우면서 성장하는 기쁨이 넘쳤기 때문이다. 때때로 벽에 부딪칠 때도 있었지만, 꾸준히 레슨받고 노래 연습을 하면서 벽을 뛰어넘기도 했다.

레슨이 즐거운 또 다른 이유는 선생님의 가르치는 방법 덕분이었다. 선생님은 칭찬의 대가셨다. 레슨을 받을 때 항상 잘 되는 것은 아니다. 잘 되지 않을 때가 더 많다. 잘 될 때는 항상 격려와 칭찬을 해주셨고, 잘 되지 않을 때는 기다려주셨다. 물론 가끔 혼날 때도 있었다. 하지만 대부분 칭찬을 많이 해주셨고, 꿈을 잃지 않도록 큰 목표를 자주 말씀해주셨다.

선생님은 자료를 많이 가지고 계셨는데, 오페라 비디오, 독창회 비디오, 콘서트 비디오, 수많은 명반을 권해주셨다. 개인적으로는 3테너 공연과 루치아노 파바로티의 독창회, 플라시도의 라 트라비아타 공연 비디오를 매우 좋아했다. 방과 후 공부하는 시간 외에는 이 비디오를 두세 시간씩 감상했다. 세계적인 성악가를 집에서 매일 볼 수 있다는 것은 큰 축복이었다. 음반은 테이프로 들었는데, 특히 프리츠 분더리히의 시인

의 사랑과 디트리히 피셔 디스카우의 겨울 나그네를 즐겨들었
다. 음악을 많이 접하면서 음악성을 키울 수 있었다.

성령을 체험하다!

고등학교 2학년 때 여름 수련회를 갔다. 이전의 수련회는 고
등부 자체에서 주관한 수련회였지만, 이번 수련회는 CCC(한
국대학생선교회) 주최 수련회였다. CCC 수련회는 대학생 수련
회이지만, 고등학생을 위한 수련회가 함께 진행되었다. 몽산
포 해수욕장에서 텐트를 치고 만여명의 대학생과 수백 명의
고등학생이 모였다.

첫째 날부터 큰 은혜를 받기 시작했다. 찬양 가운데 성령의
임재가 있었고, 말씀 가운데 권능이 있었다. 새벽부터 저녁
늦게까지 진행되는 일정에 몸은 힘들었지만 영적으로는 은혜
충만, 성령충만한 시간이었다.

마지막 날 저녁 집회에 김준곤 목사님의 설교가 있었다. 은
혜로운 설교가 끝나고 축도가 끝나는 순간, 갑자기 변화된 나

를 느낄 수가 있었다.

마음에 기쁨이 솟아오르기 시작했다. 주체할 수 없는 기쁨과 평안함이 내 마음에서 터져 나오기 시작했다. 처음엔 일시적인 기쁨일거라고 생각했다. 하지만 수련회가 끝나고 집에 돌아와서도 그 기쁨과 감격은 계속 살아있었다. 일주일이 지나고 한 달이 지나도 계속 이어졌다. 자고 일어나도 기쁘고 몸이 피곤해도 기뻤다. 도무지 우울한 마음이 내 마음에 생겨나지 않았다. 심지어 1년이 지나도 항상 기뻤다. 특별한 체험이었다.

고등학교 1학년 때부터 큐티를 해왔는데, 이러한 체험 이후로 큐티가 완전히 달라졌다. 이전의 큐티는 성경을 읽고 나에게 주시는 말씀이 무엇인지 깨닫기 위해서 노력했다면, 이후의 큐티는 성경을 읽으면서 성령님과 대화를 나누는 형식으로 바뀌었다. 큐티 때만 대화를 나누는 것이 아니라 하루 종일 성령님과 대화를 나누었다. 사소한 것부터 중요한 것에 이르기까지 모든 일에 대해 성령님과 대화를 나누었다.

성경을 읽을 때도 이전에는 의지적으로 성경을 읽었지만, 이제는 성령님의 도우심으로 대화를 하듯 술술 읽혔다. 사도

행전과 같이 스토리가 있는 성경은 이미지로 그려지고, 로마서와 같이 개념을 설명한 성경은 쉽게 이해되기 시작했다. 꿀보다 달다는 표현을 이해할 수 있었다. 읽으면 읽을수록 더 읽고 싶었다. 성경이 깨달아지면서 성경을 많이 읽게 되었다.

또한 예배 때 전도사님의 설교가 잘 들리기 시작했다. 매주일 나에게 꼭 필요한 말씀을 주셨다. 내 얼굴에는 미소가 떠나지 않았다. 그리고 자신감이 생기기 시작했다. 친구를 전도하고, 믿지 않는 부모님께 복음을 전해서 예수님을 믿게 되었다.

이때부터 찬양집회에 자주 참석했다. 에스겔의 환상 중 성전 문지방에서 흘러나온 물이 발목, 무릎, 허리, 몸 전체를 덮었듯이, 성령님이 순식간에 내 삶 전체를 이끌어가기 시작했다.

목표에 집중

나는 어린 시절부터 매사에 소극적이었다. 말이 느린 편이고, 발음도 약간 어눌한 편이었다. 그래서 사람들 앞에 서는 것이 정말 두려웠고, 발표하는 것도 정말 싫었다. 자신감이 없었기 때문에 대인 공포증도 있었다. 국어 시간이나 영어 시간에 읽기를 시키는 선생님이 가상 싫었다. 발표하는 것에 두려움이 있었기 때문이다.

그런데 성악을 시작하면서 노래만큼은 자신감을 가지게 되었다. 2학년 가을에 학교 축제가 열렸다. 이때 음악회가 열렸는데, 프로그램은 주로 합창이었고, 중간중간에 성악을 전공하는 학생들이 노래했다. 전체 학생을 대상으로 한 번 공연하고, 다음날에는 외부 학생과 관객을 대상으로 공연을 했다.

나는 그 순서 중에 두 곡을 부르게 되었다. 1,800명 정도의 전교생 앞에서 노래를 부르는 것이었다. 무대에 나가기 전에 기도했다.

'하나님께서 저와 함께해 주셔서 담대함을 주시고, 제 기량을 모두 발휘하게 해 주시옵소서!'

이렇게 기도하자 자신감이 샘솟기 시작했다. 무대에 나가서 수많은 사람 앞에서 떨지 않고 자신감 넘치게 노래했다. 무대에서 노래하는 것이 즐거웠다.

콩쿠르 도전!

3학년 봄에 선생님이 콩쿠르를 권유해 주셨다. 1년 이상 열심히 노래를 배웠기 때문에 콩쿠르에서 실력을 검증해보자고 하셨다. 처음 나가는 콩쿠르였기 때문에 많이 떨렸지만 선생님 말씀을 믿고 참가하게 되었다. 이 콩쿠르는 부산시 교육위원회 콩쿠르였다.

드디어 결전의 날이 다가왔다. 수십 명의 학생이 지원했다. 오전에는 예선을, 오후에는 본선을 진행했다. 많은 학생이 노래하는 것을 보면서 약간은 주눅이 들었다. 하지만 기도한 후에 준비한 곡을 열정적으로 노래했다. 예선이 끝나고 예선통과자를 발표했다. 남녀 각각 5명씩 통과되었고, 그중에 내 이름이 있었다. 예선을 통과한 것만으로도 정말 감사했다.

점심 식사 후에 본선이 진행되었다. 예선보다 훨씬 진지하고, 최선을 다하는 분위기였다. 만만치 않았다. 특히 예고 학생들이 본선에 많이 뽑혔는데, 그들의 얼굴에 자신감과 여유가 보였다. 하지만 나도 할 수 있다는 자신감을 가지고 연습 때처럼 힘차게 노래를 불렀다. 본선이 끝나고 간단한 심사평이 있었다. 결과 발표는 일주일 후에 각 학교로 통보된다고 했다.

일주일 후에 학교로 결과가 전해져왔다. 놀랍게도 1등을 수상했다. 비교적 일찍 공부를 시작한 예고 학생들에 비해 부족하다고 생각했는데, 오히려 더 좋은 결과가 나와서 나 자신도 놀랐다. 하나님께 감사드렸고, 가르쳐주신 선생님께 감사드렸다. 난생처음으로 전체 조회 시간에 강단에 올라가서 교장 선생님께 상을 받게 되었다.

콩쿠르 1위 입상자에게는 시민회관에서 연주할 기회도 주어졌다. 성악뿐만 아니라 피아노, 바이올린 등 각 분야 1등 수상자의 연주회였다. 그동안 더 난이도가 높은 곡을 연습해서 Schubert의 마왕(Erlkönig)을 연주했다.

고등학교 3학년 축제 연주 때에는 더욱 자신감을 가지고 연주했다. 1년 동안 3테너 중 한 사람인 호세 카레라스에 심취해 있었다. 그래서 매일 호세 카레라스의 감정 표현과 음악성 표현에 집중했다. 심지어 손동작과 표정까지 흉내 내며 모방하며 연주했다. 좋은 반응을 얻은 연주였다.

성경을 읽다가 확신의 말씀을 받게 되었다. 그 말씀은 야고

보서 1장 5절 말씀이다.

너희 중에 누구든지 지혜가 부족하거든 모든 사람에게 후히 주시고 꾸짖지 아니하시는 하나님께 구하라 그리하면 주시리라

지혜를 구하며 공부를 열심히 하기 시작했다. 국영수 기초가 약했지만, 할 수 있다는 믿음으로 공부하기 시작했다. 일단 수업 때 집중해서 들었고, 열심히 필기하기 시작했다. 전에 해 보지 않았던 예습과 복습도 하기 시작했다. 그런데 영어는 정말 자신이 없었다. 그러나 할 수 있는 것부터 했다. 단어는 외울 수 있었기 때문에 꾸준히 암기했다. 그리고 고3이 되자, 하나님은 좋은 영어 선생님을 붙여주셨다. 첫 시간에 선생님은 이렇게 말씀하셨다.

"너희들 중에 기초가 되어 있지 않은 학생들이 있을 거야. 지금까지 어떻게 공부를 해왔든지, 이제부터 내가 가르쳐주는 대로만 하면, 학교 성적과 수능 성적이 아주 많이 오를 거야. 포기하지 말고 열심히 따라오도록!"

선생님의 독해 노하우를 열심히 배우고 공부했다. 선생님의 노하우 덕분에 점수를 많이 올렸다. 이렇게 하나님의 도우

심으로 목표를 가지고 2년 동안 열심히 공부한 결과 예체능 계열에서 수능점수를 1등급까지 올리게 되었다. 수능이 끝나고 다른 학생들은 자유로운 삶을 살았지만, 실기시험을 준비하고 있었던 나로서는 긴장을 풀 수 없었다. 당시에는 한 군데 대학에만 지원할 수 있었다.

대학 실기시험

성악을 처음 시작할 때 목표했던 것처럼 서울대에 지원했다. 경쟁률은 5대 1을 넘어섰다. 서울대 성악과 시험은 다른 학교보다 준비할 것이 많았다. 성악 실기로 슈베르트 가곡 1곡과 이태리 가곡 1곡을 준비해야 하고, 시창 시험(악보를 보고 피아노 없이 계명으로 읽는 시험)과 청음시험(피아노로 음을 쳐주면, 듣고 악보에 그리는 시험), 그리고 피아노 실기까지 준비해야 했다.

시험 치는 날 대기실에서 연습을 마치고 시험장에 들어갔다. 여덟 분의 교수님이 앉아계셨다. 그동안 준비한 것을 최선을 다해 노래했다. 다음 날에는 청음, 다음 날에는 시창, 마지막 날에는 피아노 시험을 쳤다. 80여 명의 학생 중에 16명만이 합격할 수 있는 것이다. 서울권의 대학은 안정권이 없다고 얘기한 것을 들은 적이 있다. 정말 시험을 친 후에도 내가 16명 안에 들어갈 수 있을지 확신할 수 없었다. 다만 최선을 다하고 기다릴 수밖에 없었다.

시험을 모두 치고 부산에 내려와서 초조한 마음으로 결과를 기다렸다. 시험은 1월 초였고, 발표는 1월 말이었다. 일반 학과를 지원한 친구들은 벌써 합격발표가 나기 시작했다. 가까운 친구들이 하나둘씩 합격하더니 몇 명만 제외하고 모두 합격했다.

발표하는 날 긴장된 마음으로 ARS 전화번호를 눌렀다. 심장 뛰는 소리가 옆 사람에게 들릴 정도였다. 차례대로 수험번호를 입력하자 내 이름이 나오더니, '불합격'이라고 했다. 충격이었다. 다시 한번 확인해봤지만 역시 불합격이었다. 떨어진 것이다.

2년 전 부모님이 그렇게 반대함에도 불구하고 성악을 시작했지만, 입시에서 떨어진 것이다. 갑자기 우리 집의 어려운 형편이 떠올랐고, 부모님께 죄송하다는 생각이 들었다. 나를 그렇게 정성껏 가르쳐 주신 선생님을 볼 면목이 없었다. 내 주위의 친구들을 어떻게 봐야 할지 막막하기만 했다. 가장 힘들었던 것은 나 자신에 관해서였다. 입시의 벽은 너무나도 높아 보였다. 좌절감과 절망감에 빠져들어갔다.

시험 치기 전부터 아버지는 나에게 재수할 생각은 하지 말라고 하셨다. 이제 떨어졌으니 어떻게 해야 할 것인가를 계속 고민했다. 한동안 노래도 못하고 친구도 만나지 않고 집에만 있었다.

공부도 못했던 내가 서울대를 목표로 했던 것이 너무 무리한 꿈이었던가? 오르지 못할 나무는 쳐다보지도 말라고 하는데 괜히 쳐다봐서 여러 사람 힘들게 만드는 것은 아닌가?

온갖 부정적인 생각이 나를 사로잡았다. 부정적인 생각은 꼬리에 꼬리를 물고 끊임없이 생겨났다.

이렇게 집에 계속 혼자 있다가는 우울증에 걸릴 것 같았다. 그래서 친구들과 농구도 하고, 축구도 했다. 추운 겨울이었지만, 열심히 뛰다 보니 땀도 나고 기분도 좋아졌다. 몸을 움직여주고, 친구들과 재미있게 운동하니까 부정적인 마음도 사라지는 것 같았다. 이대로 포기할 수 없다고 생각하기 시작했다. 내가 어떻게 시작한 성악인데, 부모님께서 나를 위해서 얼마나 헌신하셨는데, 한 번 실패했다고 포기할 수 있단 말인가? 다시 한번 시작하고 싶었다.

재수생활

다행히 부모님의 자영업이 조금씩 나아지는 시점이었다. 여전히 어려운 상황이었지만, 부모님은 다시 한번 도전해보라고 용기를 주셨다. 3월이 되면서 재수학원 종합반에 수강 신청을 했다. 레슨도 다시 받기 시작했다. '그래. 다시 도전하는 거야.' 하는 생각이 들기도 했지만, '친구들은 대학의 낭만을 즐기는데, 나는 또 공부해야 하는구나.'라는 답답한 마음이 들기도 했다.

하지만 목표를 이룬 나의 모습을 상상했다. 음대 앞을 거닐면서 대학 생활을 하고 있는 나의 모습을 상상하기 시작했다. 내가 합격했을 때 부모님과 선생님이 기뻐하시는 모습을 상상했다. 멋진 무대에서 노래하는 모습을 떠올렸다.

이런 상상을 하자마자 마음에서는 불이 타오르기 시작했다. 새로운 열정이 솟아나기 시작했다. 3월 한 달 동안 학원도 열심히 다니고, 이전처럼 레슨도 받고 있던 어느 날이었다. 서울에 계신 이모에게 전화가 왔다. 이모의 지인이 성악을 공부해서 서울대 성악과에 입학했다는 것이다. 그 선생님을 찾아가서 서울에 가서 레슨을 받아보지 않겠냐는 얘기였다. 그 말씀을 듣고 고민하게 되었다. 나에게 정말 잘 가르쳐주신 선생님을 떠나야 하는가? 많은 학생이 서울로 레슨 받으러 간다고 하는데, 내가 가면 많은 성장을 할 수 있을까?

많은 고민 끝에 서울에 가서 레슨 받게 되었다. 부산에서 매일 종합학원을 다니면서, 일주일에 한 번씩 서울로 레슨을 받으러 다녔다.

레슨 가는 날의 일과는 이렇다. 아침 6시에 집에서 출발한다. 부산역에서 서울행 무궁화를 7시에 탄다. 약 5시간 걸려서 12시에 서울역에 도착한다. 서울역에서 식사를 하고 선생님 댁에 2시에 도착한다. 1시간 동안 레슨을 받고 3시에 선생님 댁에서 나온다. 서울역에 와서 4시 30분 열차를 타고 부산으로 출발한다. 저녁 9시 30분에 부산역에 도착한다. 10시 30분에 집에 도착한다.

레슨을 한 번 받기 위해서 아침 6시부터 밤 10시 30분까지 투자했다. 총 16시간 이상을 레슨 한번 받기 위해서 투자한 것이다. 하지만 그 시간이 힘들었거나 지루했던 적은 없다. 서울까지 레슨을 다니면서 나의 열정은 더욱 불타올랐다. 대가를 크게 지불할수록 이루고자 하는 목표에 대한 열망은 강렬해졌다.

왕복 10시간의 기차여행에서도 시간을 헛되이 보내지 않았다. 기차에서 과제 곡을 익혔다. 작은 소리로 가사를 읽어가며 딕션 연습을 하기도 했고, 음반도 듣기도 했다. 그리고 그 시간에 학원에서 공부하던 교재를 보면서 예습과 복습도 했다.

8월까지 5개월 동안 부산 서울을 왕복하며 레슨을 받다가, 9월부터 부천에 계신 외삼촌 댁으로 가게 되었다. 그곳에서 레슨과 공부를 병행했다. 그렇게 4개월이 지나고 12월이 되면서 어떤 대학을 지원할지 선생님과 의논하게 되었다. 그 전년도와는 달리 복수 지원이 가능해지면서 두 군데 학교를 지원할 수 있었다. 상의 끝에 한양대와 서울대에 지원하기로 결정했다.

한양대는 10대 1의 경쟁률, 서울대는 6대1의 경쟁률이었다.

실수 없이 시험을 끝내고 부산으로 내려왔다. 합격 발표는 한양대가 먼저, 서울대가 나중에 날 예정이었다. 발표 날짜가 다가오자 작년 못지않게 초조해졌다.

한양대 합격자 발표하는 날 ARS 전화번호를 눌렀다. 나의 수험번호를 누르자, 내 이름이 나오더니 '불합격하셨습니다!' 라는 멘트가 흘러나왔다. 작년보다 충격은 더 컸다. 다시 확인해보았지만, 역시 변함없었다. 절망과 좌절이 몰려왔다. 한양대 발표 일주일 후에 서울대 발표가 있었다. 서울대도 불합격이었다. 서울대와 한양대 모두 떨어졌다.

내 머릿속에 부모님 얼굴, 선생님 얼굴, 친구들 얼굴이 차례로 떠올랐다. 부모님을 어떻게 뵐까! 그토록 반대했던 성악을 재수까지 하면서 시간과 노력과 돈을 투자했는데, 실패하다니…. 부모님 뵐 면목이 없었다. 죄송하기도 했고, 부끄럽기도 했다. 나에게 실망스럽기도 했다. 가까운 친구들은 이미 대학을 다니고 있었고, 재수했던 친구도 모두 합격했다. 나만 떨어진 것이다.

발표 이후에 심한 충격 때문에, 식사를 제대로 할 수 없었다. 2주 동안 먹는 대로 토했다. 스트레스가 너무 심해서 소화가 되지 않았다. 대책이 없었다. 이젠 어떻게 해야 할 것인지 고민하고 있는데, 한 친구가 후기대학에 대한 정보를 알려줬다. 당시에는 전기에 시험이 모두 끝나고 2월에 후기대학 시험이 있었다. 부산에 있는 후기대학 중에 성악과가 있는 학교가 한 군데 있었다. 알아본 후에 시험을 치기로 결정했다. 시험을 치고 며칠 후에 발표가 났는데 다행히도 합격했다. 내가 목표하는 학교는 아니었지만, 내 인생 처음으로 대학에 합격한 것이었다.

대학생활

3월에 입학하고 첫 대학생활이 시작되었다. 그동안 쉬지 않고 레슨 받고 공부해왔는데, 이제 친구들처럼 입시로부터 벗어난 것이었다. 새로운 친구도 사귀고 교수님께 레슨도 받았다. 수업 후에는 친구들과 매일 놀았다. 자유의 몸으로 부담 없이 놀았다. 그렇게 놀며 한 학기를 마무리할 때가 되었다. 기말고사를 치르게 되었는데, 공부를 별로 하지 않고 평소 실력으로 시험을 쳤다. 성악 실기, 시창과 청음, 합창, 화성학, 이탈리아어 딕션, 대위법과 교양과목들을 시험을 쳤는데, 암기과목 두 과목만 D학점을 받고, 나머지 과목은 A학점을 받았다. 공부하지 않고 수업 때 들은 것과 평소 실력으로 시험 본 결과였다.

성적이 생각보다 나쁘지 않아서 기분은 좋았지만, 한편으로는 고민에 빠지지 않을 수 없었다. 내가 공부하지 않았음에도 이런 성적이 나왔다면, 더 이상 이 학교에 다닐 이유가 없었던 것이다. 며칠을 신중히 생각하고 기도한 후에 이런 모든 상황을 부모님께 말씀을 드렸다. 결론적으로 다시 한번 더 도전하겠다고 말씀드렸다. 내 인생의 미래가 걸린 일인 만큼 간절하게 부모님을 설득했다. 그래서 마지막 기회라고 생각하고 다시 도전하게 되었다.

다시 도전! 삼수!

8월이 끝날 때 짐을 싸서 다시 부천에 계신 외삼촌 댁으로 삼수하러 떠났다. 주위 사람들은 무모하다고 말했지만, 하나님이 될 수 있다는 믿음을 주셨다. 하나님이 나를 믿어 주셨고, 부모님과 선생님이 나를 믿어주셨다.

노량진에 유명한 강사들을 찾아서 과목별로 잘 가르치는 분들의 수업을 골라서 들었다. 재미있으면서도 핵심적인 내용들을 체계적으로 잘 가르치는 선생님들이어서 수업 자체가 흥미진진했다. 아침 8시부터 저녁 6시까지 수업을 과목별로 들었다. 1시간 40분 수업 후 20분 쉬는 사이클로 저녁까지 수업을 들었다. 쉽지 않은 일정이었다. 하지만 내 머릿속에는 서울대밖에 없었다. 음대 교정에서 학교생활을 하는 내 모습만 상상하면, 힘든 것은 모두 사라졌다.

아는 분의 소개로 탁월한 선생님께 레슨을 받게 되었다. 선생님은 처음에 내 목소리를 듣고 서울대는 어려울지도 모르겠다고 말씀하셨다. 하지만 서울대에 관한 간절함을 말씀드렸더니, 함께 노력해보자고 말씀하셨다. 발성적으로 아직 체계가 잡혀 있지 않았기 때문이었다. 부족했지만 목표를 이루기 위해 부족한 부분을 채워나가고 싶었다. 더 높은 실력을 얻기 위해 도전했다. 학교는 부산대와 서울대로 정했다. 삼수 때에는 준비한 기간은 짧았지만, 집중력은 훨씬 좋았다. 4개월 동안 학원에서 수업을 듣고 선생님께 레슨 받는 것 외에는 다른 일을 하지 않았다. 아니 다른 곳에 한눈을 팔 수 없었다.

서울대 입시요강을 읽는데 새로운 부분이 눈에 들어왔다.

삼수생부터는 내신성적을 수능 등급에 비례해서 적용할 수 있다는 내용이었다. 당시에 내신 40%, 수능 10%, 실기 50%로 되어 있었다. 고등학교 2학년 때부터 학과 공부를 열심히 했지만, 내신 성적이 좋은 편은 아니었다. 수능을 잘 치면 수능 성적으로 내신성적을 올릴 수 있다는 뜻이다.

수능을 치는 날 주님께 기도드렸다.

'실수하지 않고 준비한 대로 시험을 잘 치도록 도와주소서. 성령의 능력을 부어 주소서!'

감사하게도 수능 성적이 좋게 나왔다. 예체능 계열에서 상위권으로 나와서 이전의 내신성적은 지워지고 수능에 비례한 새로운 내신 성적을 얻게 되었다. 학교 다닐 때 시험성적이 잘 나오지 않아서 많이 힘들었는데, 그 모든 것이 지워지고 새롭게 바뀐 내신성적을 얻게 되어서 참 감사했다.

이것은 마치 예수님을 구주로 영접하고 회개하면 이전에 지었던 죄가 사해지는 놀라운 은혜와 비슷하다.

너희 죄가 주홍 같을지라도 눈과 같이 희어질 것이요 진홍 같이 붉을지라도 양털 같이 되리라.

이사야 1:18

수능이 끝나고 이제는 실기시험에 집중했다. 레슨 때 배운 것을 매일 연습하고 복습하고 몸에 익혀나갔다. 서울대에 가기 위해서는 나만의 강점이 필요했다. 발성적으로는 부족했지만, 선생님께서 음악성을 탁월하게 표현하도록 도와주셨다. 그리고 입시 곡을 200번 이상 불러보면서 내 몸에 완전히 익혔다. 완성도를 높였다.

가군이었던 부산대부터 시험을 쳤다. 시험장에서 그동안 준비한 것을 모두 표현하며 노래했다. 시험을 마치고 서울로 시험 치러 갔다. 서울대는 7대 1의 경쟁률을 기록했다. 그 어느 때보다 치열했다.

실기시험 날이 다가왔다. 두렵고 떨렸다. 시험장에 들어가기 전에 기도했다.

'주께서 저와 함께하소서! 성령의 능력을 부어 주소서!'

담대함이 임했다. 그동안 준비한 것을 자신감 넘치게 모두 표현하고 실수 없이 시험을 마쳤다. 준비도 철저하게 했고, 실전에서도 최선을 다했다. 어떤 결과가 나오든지 후회 없을 만큼 시험을 쳤다는 기분이 들었다.

얼마 후 부산대 발표하는 날이 다가왔다. 떨리는 마음으로 전화기를 들고 수험번호를 눌렀다. 내 이름이 나오더니, 수화기 저쪽에서 '합격!'을 알려주었다. 기뻤다. 가족들과 친구들이 축하해 주었다. 다음 주에 서울대 발표가 날 예정이었다. 마침 친구들과 발표 전후로 강원도에 MT를 가게 되었다. 초조함이 많이 사라졌지만, 막상 발표하는 날이 다가오자 흥분이 사라지지 않았다.

서울대 합격자를 발표하는 날 전화기를 들었다. 번호를 하나씩 눌렀다. 가슴은 뛰기 시작했고, 호흡은 빨라지고 있었다. 수험번호를 입력했다.

황세진 님은 제1지망에 합격하셨습니다!

믿을 수 없었다. 그래서 다시 전화했다. 역시 동일하게 '황세진 님은 제1지망에 합격하셨습니다!'라는 멘트가 흘러나왔다. 사실이었다. 현실이었다. 꿈을 이룬 것이었다. 하나님께 감사기도를 드렸다.

곧바로 부산의 집으로 전화했다. "어머니! 방금 서울대 발표 났어요." 그 말을 듣고 어머니는 목소리가 가라앉으셨다. 걱정스러운 목소리였다. 잠시 후 침묵을 깨고 말씀드렸다. "저 합격했어요!" 그러자 어머니의 울음이 터져 나왔다. 아버지와 동생 그리고 할머니와 함께 눈물을 흘리면서 기뻐하셨다.

고등학교 1학년 때 방에서 엎드려 드렸던 기도의 응답이 이루어진 것이다.

02 하나님을 멀리하면 고난이 찾아온다.

여호수아와 이스라엘 백성은 하나님의 약속을 믿고 나아가서 가나안 땅을 정복했다. 여호수아가 살아 있을 때는 주님을 잘 섬겼다. 하지만 여호수아가 죽은 후에 주님을 알지 못하는 세대가 일어났다.

그들이 죽은 뒤에 새로운 세대가 일어났는데, 그들은 주님을 알지 못하고 주님께서 이스라엘을 돌보신 일도 알지 못하였다.

사사기 1:10 새번역

주께서 행하신 놀라운 일을 기억하지 못하면 고난이 찾아온다.

이스라엘 자손이 주님께서 보시는 앞에서 악한 일을 저질렀다. 그래서 주님께서는 일곱 해 동안 그들을 미디안의 손에 넘겨주셨다.

사사기 6:1 새번역

그토록 꿈꿔왔던 대학에 입학했다. 학기 초에 신입생 환영회를 하느라 매우 바빴다. 수업을 듣고 저녁이 되면 선배들에게 집합을 당하며 고달픈 얼차려를 감당해야 했다.

지금 돌이켜 보면 폭행 수준의 얼차려였지만 그때는 선배들의 기선제압 문화가 당연한 관례였다. 선배들에게 큰 목소리로 보고하느라 목이 쉬어 버렸다. 선배들을 위한 신입생 환영회가 끝나자 학교 생활에 적응하느라 정신이 없었고 MT 가느라 시간이 순식간에 지나갔다.

나는 부산 출신이라 기숙사를 신청했는데, 당첨이 되었다. 수업이 끝나면 기숙사에서 동기들과 함께 탕수육과 치킨을 시켜 먹으며 즐거운 시간을 보냈다.

서울에 온 이후로 친척분이 출석하는 교회에 다니게 되었다. 하지만 이런저런 핑계로 예배에 빠지기 시작했다. 1학년 2

학기 때 친구가 다른 교회 성가대 솔리스트(Solist)를 권했다. 봉사도 하고 용돈도 벌 수 있다는 생각으로 시작했다. 습관적으로 교회에 다니기는 했지만, 내 삶에서 하나님은 멀어져 갔다. 하나님과 멀어지자 삶은 무너지기 시작했다. 친구들과 당구 치느라 수업을 빼먹기도 했다. 방학 때에는 인터넷 게임에 빠져 살았다.

그런 나에게 고난이 오기 시작했다. 1학년 말에 IMF 경제 위기가 왔다. 이전까지는 부모님이 학비와 용돈을 보내주셨지만, IMF 여파로 부모님의 자영업이 어려워졌다. 학비는 학자금 대출을 이용해야 했고, 생활비를 스스로 벌어야 했다. 경제적으로 쪼들리게 되었다.

2학년 때부터는 기숙사에서 나와야 했기 때문에 신림동에 있는 저렴한 자취방에서 지내게 되었다. 이때부터 독립할 수밖에 없었다. 내가 할 수 있는 일이 무엇인지 찾았다. 먼저 결혼식 축가를 하게 되었다. 동기와 선배들에게 요청해서 축가 자리가 있으면 소개해달라고 했다. 그래서 주말에 기회만 있으면 축가를 했다.

그리고 레슨을 시작했다. 교회 성가대에서 성악을 배우고 싶어 하는 분이 있어서 저렴한 레슨비로 레슨을 시작했다. 열심히 가르쳐드렸더니 실력이 나아졌고, 소개를 받기도 했다.

하지만 가르칠 실력도, 시간도 많이 부족했다. 이렇게 내가 할 수 있는 여러 일을 했지만, 자취방 월세와 생활비를 감당하기에는 턱없이 부족했다.

2학년 가을에 서울대학교 오페라가 예정되어 있었다. 3, 4학년 학생은 주역이나 조역을 담당하고, 1, 2학년 학생은 합창을 담당한다. 여름 방학 동안 합창 연습을 열심히 했다. 오페라 연습을 하면서 목이 점점 쉬기 시작했다. 발성의 기본기가 약한 것이 원인이었다.

오페라 합창으로 여름방학 내내 성대가 피곤해졌는데, 2학기를 시작하면서 오페라 합창 연습도 계속하면서 실기 곡으로 오페라 아리아를 함께 준비해야 하는 상황이었다. 9월에 교수님께 레슨을 받는데, 성대 컨디션이 더욱 나빠져서 레슨 때 질책을 받기 시작했다.

목은 점점 쉬어가고, 연습할수록 성대 컨디션은 더 나빠져서, 레슨을 어떻게 감당할까 걱정에 스트레스는 더해갔다. 레슨 전날이 되면 잠이 오지 않을 정도였다.

9월이 지나고, 10월이 되자 상태는 더 악화되었다. 이비인후과를 찾아갔더니 성대결절이라고 했다. 한 달 이상 말하는 것을 자제하고, 노래도 쉬어야 한다고 했다. 하지만 학기 중이어서 노래를 쉴 수 없었다. 약을 먹으며 가까스로 레슨을 받고 오페라 연습을 했다. 정규수업을 모두 들으며 오페라 연습을 병행했기 때문에 체력도 점점 떨어졌다. 몸과 마음이 지쳐갔다.

조그만 일에도 화가 나고, 우울한 마음이 들기 시작했다. 가까이 지내던 친구와도 다투기 시작했다. 평소에는 너그럽게 이해할 수 있는 일이었지만, 예민해지니까 모든 것이 화낼 이유가 되어버렸다.

점점 혼자 지내게 되었다. 수업이 끝나고 자취방에 돌아오면 불도 켜지 않은 채 벽에 기대어 우두커니 앉아 있곤 했다. 아무것도 하고 싶지 않고, 그냥 쉬고 싶었다. 하지만 쉴 수 없었다. 일해야 했고, 수업을 들어야 했고, 오페라 합창도 해야 했다. 이렇게 몇 개월 정도 지나니까 우울증에 걸릴 것 같았다. 어떻게 극복해야 할지 길이 보이지 않았다.

그때 갑자기 드는 생각이 있었다. 그동안 기도를 하지 않았다는 것을 깨달았다. 너무 오랫동안 기도를 하지 않았기 때문에 기도가 잘되지 않았다. 그냥 하나님께 살려달라고 기도했다. 그렇게 일주일, 한 달을 넘게 기도했다. 하지만 아무 일도 일어나지 않았다.

어느 추운 날

11월 말 어느 날 식사 모임이 있었다. 약속 장소에 20분 일찍 도착했다. 날씨가 갑자기 추워져서 근처에 있는 서점에 들어가게 되었다. 서점을 둘러보다가 눈에 확 들어오는 책 한 권을 발견하게 되었다. 목차를 읽자마자 심장이 강하게 요동치는 것을 느낄 수 있었다. 내 문제를 해결해줄 것이라는 확신이 생겼다.

책의 제목은 『성공하는 시간관리와 인생관리를 위한 10가지 자연법칙』이었다. 시간 관리의 전문가인 하이럼 스미스가 쓴 책이다. 이 책을 사서 집에 와서 몇날 며칠 동안 읽었다. 열정과 흥분으로 잠을 잘 수 없었다.

이 책에서 꿈을 올바로 설정하는 방법과 시간 관리를 통해 목표를 이루는 방법을 배우게 되었다. 책에서 시간 관리를 체계적으로 할 수 있도록 프랭클린 다이어리를 권했다. 책을 반복적으로 읽으면서 다이어리를 사용하기 시작했다. 다이어리에 내 인생에서 가장 중요한 것이 무엇인지 정리했다. 신앙, 학업, 성장, 일의 목표를 구체적으로 정리했다.

그즈음에 설교에서 이런 말씀을 들었다. 대학 시절에 자기 전공과 관련된 책을 200권 이상 읽으면 그 전공의 리더가 된다는 말씀이었다.

평소라면 전혀 귀에 들어오지 않을 내용이었지만, 그때는 내 마음 깊숙한 곳에 박혔다. 그래서 1년에 100권을 읽는 것을 목표로 삼고 다이어리에 적고 실행하기 시작했다.

3학년에 올라갔을 때 군악대 성악병을 뽑는 시험을 보게 되었다. 육군사관학교 군악대에 합격해서, 휴학을 하고 입대까지 몇 개월의 시간이 생겼다. 이때부터 책을 본격적으로 읽기 시작했다. 서울대 중앙도서관과 음대도서관에 가서 성악 관련 서적을 찾아봤다. 악보는 많았지만, 성악 관련 책이 많지 않았다.

어떤 책부터 읽어야 될지 몰라서 베스트셀러부터 읽었다. 어려운 책은 진도가 잘 나가지 않았기 때문에 쉬운 책부터 읽었다. 읽다 보니까 그 책에서 소개하는 좋은 책을 발견하게 되었다.

그리고 책을 좋아하는 친구로부터 책을 소개받게 되었다. 그런 좋은 책이 있으면 꼭 독서 예정 목록에 적어놓았다. 이런 식으로 읽다 보니 읽을 책이 매우 많아졌다.

처음에는 쉽게 읽히는 책부터 읽다가 관심의 분야가 확장되기 시작했다. 신앙 서적, 목표 설정, 시간 관리, 소설, 고전, 역사 등 다양한 분야의 책을 읽게 되었다.

일 년에 100권을 읽으려면 한 달에 8권 정도를 읽어야 한다. 한 달에 8권을 읽으려면 일주일에 두 권을 읽어야 한다. 나는 책을 읽는 속도가 느린 편이었기 때문에 일주일에 두 권을 읽기 위해서는 하루에 한 시간 이상을 읽어야 했다. 그래서 매일 한 시간 이상 책을 읽기 시작했다. 처음에는 한 시간 동안 책 읽기가 쉽지 않았다. 독서 습관이 없었을 뿐만 아니라 바쁜 가운데 시간을 확보하기 어려웠기 때문이다.

일 년에 100권을 읽기 위해서 내가 읽은 독서 목록을 다이어리에 적기 시작했다. 한 권을 읽을 때마다 책 제목과 날짜를 적었다. 휴학 후 군대에 갈 때까지 11개월 만에 90권을 읽었다. 100권을 채우지 못했지만, 독서에 무관심했던 내가 그 이전에 읽은 것보다 훨씬 많은 책을 한 해 동안 읽었다는 것이 기뻤다. 그리고 그 책들을 통해 내 삶의 변화가 일어나기 시작했다.

03 군대에서 하나님을 의지하다!

논산훈련소에 입소하게 되었다. 개인 물품은 모두 택배로 보내고 포켓용 성경책과 네비게이토 60구절 암송카드만 소지했다.

훈련소에서는 개인 시간이 거의 없다. 빡빡하게 일정이 돌아가고, 혼자서 다닐 수 없도록 전우조 생활을 한다. 유일하게 혼자 있을 수 있는 시간은 야간 불침번 시간이다. 야간에 돌아가면서 1시간씩 보초 또는 경계를 서는 것이다. 이 때 암송카드를 꺼내서 한 구절씩 말씀을 외웠다. 20㎞ 행군을 할 때 5시간 정도 걷는데, 이때도 암송카드를 꺼내서 한 구절씩 말씀을 외웠다.

사격할 때나 수류탄을 던지는 훈련을 할 때는 저절로 기도가 나온다. 종종 실수하거나 자살을 시도하는 경우에 목숨을 잃는 경우가 있기 때문이다.

6주 동안 몸무게가 75kg에서 60kg까지 줄어들 정도로 몸은 힘들었지만, 그 어느 때보다 성령 충만한 시간을 가지게 되었다.

훈련이 끝나고 육군사관학교 군악대에 자대배치를 받았다. 군악대에서 나의 주 임무는 애국가를 부르는 것이었다. 군에서 행사를 할 때 행사장에 장군이 나오면 애국가를 직접 불러야 한다. 특히 졸업식 때 대통령이 참석하는데 애국가 가사를 틀리면 영창 간다는 말이 있어서 매우 긴장했다. 감사하게도 군 생활하는 동안 한 번도 가사를 틀리지는 않았다.

그리고 육사 생도들에게 군가를 가르쳐주는 임무가 있다. 장교가 될 사람들이기 때문에 음정 박자를 단 하나도 틀리지 않게 정확하게 FM으로 가르쳐 주었다.

또 다른 임무는 악기를 배워서 군악 연주를 하는 것이다. 나에게 배정된 악기는 바리톤 색소폰이었다. 빨리 행사를 나가야 하기 때문에 빠른 시간 안에 배우도록 지도받았다. 이등병에게는 개인 시간이 없다. 일과시간에는 업무를 해야 하고, 일과 후에는 청소를 하기 때문에 쉬는 시간이 없었다. 당연히 책 읽을 시간은 없었다.

그러던 중 당번병이라는 직책에 관해 듣게 되었다. 당번병은 군악대장의 비서다. 행사도 거의 나가지 않고 개인 방이 있으며 비서 역할을 하면서 개인 시간을 보낼 수 있는 자리였다. 당시 당번병으로 있던 선임은 곧 제대할 예정이었다. 그 사실을 알고 나서 당번병이 되는 것을 소원하기 시작했다. 잠이 오지 않기 시작했다. 당번실에 앉아서 독서하는 나의 모습이 떠올랐다.

하나님께 기도했다.

'당번병이 되어서 군 시절 동안 독서를 통해 성장하길 원합니다.'

그런데 문제가 있었다. 이미 당번병 후임으로 나보다 1년 선임자가 내정되어 있다는 사실이었다. 군악대 역사상 이등병이 당번병이 되는 예는 없었다. 군 생활을 어느 정도 경험한 상병을 뽑기 때문이다.

그러나 내 마음에는 당번병이 된 나의 모습으로 가득 차 있었다. 그래서 하나님께 간절히 기도했다. 어떻게 하면 당번병이 될 수 있는지 기도하며 지혜를 구했다. 일주일 동안 기도했을 때, 하나님은 나에게 생각으로 아이디어를 주셨다. 그것은 군악대장님께 직접 가서 기도한 내용을 말하라는 것이다. 호기심을 유발하면서.

당시 군악대장님은 성가대 지휘자였다. 성가대에서 나의 오른쪽 자리에는 준장님, 왼쪽에는 대령 교수님이 앉아서 나의 도움을 받고 있었다. 이미 솔리스트 역할을 톡톡히 하고 있었다. 주일날 성가대 연습이 끝나고 군악대장님께 찾아가 이렇게 말씀드렸다.

"대장님! 제가 개인적으로 상담할 내용이 있습니다. 내일 일과시간에 저를 불러주시면 제가 자세히 말씀드리겠습니다."

그러자 그 자리에서 얘기해보라고 했다. 그러나 나는 내일 꼭 불러달라고 요청했다. 이등병이 무슨 일일까 궁금해하셨지만, 내 요청대로 진행되었다. 다음날 군악대장실에 가게 되었다.

"대장님! 당번병이 이제 곧 제대하는 것으로 알고 있습니다. 당번병으로 제가 적임자라고 생각합니다. 일주일 넘게 하나님께 기도했습니다. 응답으로 제가 당번병이 될 거라고 말씀하셨습니다. 이미 그 자리가 내정되어 있는 것을 알고 있습니다. 그러나 하나님께서 말씀하셨으므로 대장님께서 기도해보시고 결정해 주시기 바랍니다."

확신을 가지고 당당하게 말했다. 어떻게 보면 군 생활이 크게 꼬일 수도 있는 상황이었다. 철없는 이등병이 군악대에서 가장 좋은 자리를 원했으니 말이다. 그러자 대장님은 나를 걱정하면서 말했다.

"다른 사람에게는 이 얘기 하지 말게. 내가 생각해보겠네."

그렇게 마무리하고 대장실을 나왔다. 그리고 며칠이 지나도록 아무 소식이 없었다. 일주일 후 행정보급관이 군악대원 전원 앞에서 발표했다.

"당번병은 황세진이 한다."

발표 후에 고참들은 내 군 생활이 활짝 폈다고 하며 축하를 해주었다. 군악대 역사상 이등병이 당번병을 한 경우는 없었다고 한다.

당번병이 되고 나서 선임 당번병이 인수인계하는 내용을 노트에 꼼꼼히 적고 숙달했다. 또한 대장님이 원하시는 내용을 추가적으로 기록하고 업그레이드 하면서 매뉴얼을 만들었다. 청소 매뉴얼, 손님 접대 매뉴얼, 통화 매뉴얼 등 구체적인 내용을 정리해서 업그레이드했다.

일하는 시간 외에는 개인 시간을 보낼 수 있었다. 책을 마음껏 읽고, 설교와 음악도 마음껏 들을 수 있었다. 특히 책을 읽을 때는 핵심 내용에 줄을 긋고, 한 권을 다 읽으면 독서 노트에 손글씨로 그 내용을 적으면서 정리했다.

그리고 상병이 되면 일과 후에 내무반에서 개인 시간을 가질 수 있다. 그때는 다른 병사들이 TV를 보며 쉴 때, 혼자 뒤돌아 앉아서 독서에 열중했다. 세상과 단절된 공간에서 신앙 서적을 통해 하나님과 친밀함을 누리게 되었고, 일반서적을 통해 좋은 습관들을 만들게 되었다.

군 생활을 하면서 120권의 책을 읽고 요약 정리할 수 있는 소중한 시간을 보내게 되었다.

작은 일에 충성하기

군악대에서 일 주일에 한 번 음악 강습을 하는 시간이 있다. 군 가족을 비롯해서 영내에 거주하는 분들에게 강습을 해주는 것이다. 성악, 피아노, 바이올린, 첼로, 플루트 등 다양한 악기와 장르를 배울 수 있다.

오후 1시부터 5시까지 4시간 동안 가르쳤다. 선임이 제대할 때 나에게 인수인계한 사람이 4명이었다. 이 시간에는 굳이 열심히 하지 않아도 된다. 돈을 받는 것도 아니고 4시간 동안 가볍게 가르쳐주면 되는 것이다.

하지만 나는 열심히 가르쳤다. 초등생이 대부분이었고, 성인도 몇 명 있었다. 내가 가지고 있는 노하우를 최선을 다해서 가르치고, 친절하게 가르쳤다. 그랬더니 소문이 나서 인원이 25명까지 늘었다. 4시간 동안 시간이 부족해서 쪼개고 또

쪼개서 내가 가르칠 수 있는 만큼 최대한 가르쳤다.

몸은 피곤했지만, 성장하는 모습이 좋았다. 이 동안 분명 노하우가 쌓였을 것이다.

절친이 생기다

나의 군대 동기는 4명이다. 그중에 한 명이 독특한 이력의 소유자다. 군악대에는 대부분 음대생이 온다. 그런데 이 친구는 총신대 신학과 출신이다. 호른을 취미로 했었나 보다. 시험을 쳐서 당당히 군악대에 들어온 것이다.

이름은 조상신. 목사와 어울리지 않는 이름이지만.

이 친구는 성품이 바나바처럼 선하고 착한 친구다. 그런데 지적으로는 냉철하고 깊이가 있는 친구다.

교회에서 마라나타라는 찬양팀을 함께 했는데, 이 친구가 찬양 인도를 하고 나는 싱어로 함께 찬양했다. 주일에 예배 후에 교회에서 자유시간이 많았는데, 교회의 한 사무실에서 함께 수많은 대화를 나누었다. 특히 신앙 서적을 함께 읽고 은혜로웠던 점을 나누곤 했다.

책을 읽으면서 이해되지 않는 부분이나 신학적인 내용을 물어보면 언제나 알기 쉽게 풀어서 설명을 해주었다. 수요예배, 금요예배에도 항상 함께 다니며 신앙적인 대화를 참 많이 나누었다.

전역 후에도 둘이 만나면 책 이야기를 하면서, 남자 둘이서 반나절이나 하루 종일 대화를 나누며 교제했다. 지금도 신앙적인 질문과 신학적인 질문이 생기면 묻곤 한다. 언제나 친절하고 선하게 대해주는 친구가 있어서 좋다.

이 친구는 예수전도단 캠퍼스 워십에서 찬양 사역자로 활동하기도 하고 교회에서 찬양 인도자로, 지금은 목사님이 되어 여러 부서에서 사역하고 있는데, 한번은 찬양 사역을 할 때 목이 자주 쉰다고 했다. 그래서 함께 성악 레슨을 하면서 문제가 해결되기도 했다. 조금이나마 도움이 되어서 참 감사한 시간이었다.

04 입이 뻣뻣하고 혀가 둔한 자

제대를 하고 3학년으로 복학하면서 서울대입구역 사거리에 있는 저렴한 자취방을 얻었다. 내가 살아본 집 중에 가장 저렴한 방이다. 보증금 100만 원에 월세 12만 원짜리 방이다. 말이 방이지 원래 창고로 쓰던 곳이다.

방의 폭은 양팔을 벌릴 때 닿을 만큼 좁았고, 다행히 누울 수는 있는 크기였다. 친구와 세 명이 함께 방에 들어가면 폭이 좁아서 일렬로 세 명이 앉아야 하는 방이다. 도시가스가 되지 않아서, 가스통을 주문해서 써야 했다. 겨울에 가스가 떨어져서 머리를 감다가 냉수로 마무리해야 할 때도 있었다.

화장실은 길가 밖으로 나가서 다른 건물의 공동 화장실을

은혜기억

써야 했다. 물론 좌변기가 아니라 양변기였다. 앉아서 큰일을 보면 허벅지와 종아리가 뻐근해지는 그런 곳이다.

경제적으로 참 힘든 나날이었다. 여전히 생활비를 벌어 써야 했고, 약간의 장학금은 받았지만, 대부분 학자금 대출을 해야 했다. 수업을 듣는 시간 외에는 생활비를 마련하기 위해 레슨해야 했다. 주말에는 축가 아르바이트도 병행했다.

교회에서는 성가대 지휘를 했다. 내가 사람들 앞에서 지휘하는 것은 기적에 가까운 일이다. 나는 어린 시절 내내 말이 어눌하다는 말을 들어왔다. 중고등학교 때에는 국어책을 소리 내어 읽는 것이 힘들었고, 대학 1학년 때에는 과 대표를 권유받았지만, 사람들 앞에서 말하는 것이 두려워서 끝내 거절했다. 모세가 하나님의 부르심에 거절한 것이 이해될 정도였다.

모세가 여호와께 아뢰되 오 주여 나는 본래 말을 잘하지 못하는 자니이다 주께서 주의 종에게 명령하신 후에도 역시 그러하니 나는 입이 뻣뻣하고 혀가 둔한 자니이다

출애굽기 4:10

결국 하나님은 두 손 두 발 다 드시고 아론을 도울 자로 세

워주신다.

사람이 가장 두려워하는 것 중의 하나가 사람들 앞에서 말하는 것이라고 한다. 그 두려움에 사로잡혀 있던 사람이 바로 나였다. 하나님은 그런 나를 조금씩 훈련시켜 주셨다.

대학 2학년 때 성가대 솔리스트를 할 때, 지휘자님이 나에게 남성 파트를 연습시키셨다. 처음에는 거절했지만, 계속 거절할 수 없어서 사람들 앞에 서기 시작했다.

처음에는 어떤 말을 해야 할지 몰랐지만, 수첩에 해야 할 말의 키워드를 적으면서 점점 말하는 게 익숙해지기 시작했다. 그렇게 1년 넘게 파트 연습을 하다가 어느 날, 지휘자님이 나에게 지휘를 맡기셨다. 해외 출장으로 자리를 비워야 하는 상황이었다. 그때 정말 기절할 뻔했다.

두려운 마음에 다시 사로잡히게 되고, 일주일간 잠을 못 잘 정도로 스트레스가 심해졌다. 이미 결정되었기 때문에 하나님께 기도하며 성가대원들 앞에 나섰다. 어떤 말을 해야 할지 미리 준비하고, 담대하게 나아갔다. 처음엔 다리가 후들거리고 긴장되었지만, 예배 시간이 진행되면서 점점 담대함이 생겨났다. 이날 예배 후에 진행하는 성가대 연습까지 모두 마치고, 성가대원 분들로부터 큰 칭찬을 받게 되었다.

그 후로 군 교회에서도 지휘할 기회를 여러 번 얻게 되었다. 교회에서 찬양경연대회를 했는데, 군악대 지휘를 내가 맡게 되었다. 10팀 정도 나왔던 것으로 기억하는데, 내가 이끌었던 군악대가 1등을 하게 되었다. 그 결과 포상휴가 2박 3일이 나와서 기분 좋은 휴가를 사용하게 되었다.

이렇게 승리의 경험을 통해 사람들 앞에 나가야 하는 두려움을 조금씩 사라지게 만드시고, 더 나아가 사람들을 잘 이끌 수 있는 능력이 조금씩 생기게 되었다.

군 제대 후 성가대를 맡으면서 성가 연습 중에 발성을 조금씩 나누기 시작했다. 성가대원들이 발성을 배우는 것을 좋아했고, 소리가 좋아졌다. 더 좋은 발성으로 하나님께 찬양을 드리고자 하는 대원이 늘면서 개인레슨을 요청하기 시작했다.

성가대원 중에 인상적이었던 대원 한 명을 소개하고 싶다. 당시 20대 후반인 형이었는데, 성가대를 처음 시작한 대원이었다. 악보도 볼 줄 몰랐고, 소리도 어떻게 내야 할지 몰랐다.

바쁜 가운데서도 성실하게 레슨을 받았다. 택배 일을 하고 있었는데, 운전할 때 연습하기도 했다. 몇 년간 꾸준히 노력해서 실력이 전공자 수준까지 올라가게 되었다. 성가대에서 솔로를 맡기 시작했고, 결혼식 축가를 요청받기도 했다. 다른 성가대에서 솔로가 필요할 때 형제님에게 부탁하는 일도 많아졌다.

또 한 명은 노동일을 하는 30대 중반의 대원이었다. 일 년 동안 열심히 노력해서 서울의 모 음대에 당당히 합격했다.

대학을 졸업하기 전에 이미 여러 명의 음대 합격자를 배출하게 되었고, 친절하게 알기 쉽게 가르치면서 아마추어 레슨도 점점 늘게 되었다.

05 레슨, 대학원, 유학의 갈림길에서

대학을 졸업할 때 어떤 길로 가야 할지 하나님께 기도를 드렸다. 졸업할 즈음에 교회에서 특별새벽기도회를 한 달에 걸쳐서 진행했다. '특새'가 끝날 때 목사님과 기도 제목을 나눌 수 있는 시간이 있었다.

대학원, 유학, 레슨. 세 가지 길을 놓고 기도 제목을 올려드렸다. 목사님은 나의 상황을 알고 계셨고, 기도 제목을 보시는 순간 1초도 고민하지 않고 레슨 쪽으로 해보라고 하셨다. 나를 잘 아시는 목사님을 통해 하나님의 음성을 들었다고 확신했다.

나는 다이어리를 사용한 이후로 세계적인 성악가와 음대 교수를 왜 꿈꾸며 목표에 적어 놓기도 하고, 최선을 다해서 연습하고 노력해왔다.

하지만 하나님께서 대학원 진학이나 유학에 대한 길을 열어주시지 않는다는 것을 느끼고 있었다. 하나님께서 가장 선한 길로 인도해주실 것을 신뢰하고 있었기 때문에 한 걸음 한 걸음 주님과 함께 걸어가기로 결정했다.

그날 기도 응답을 받고 나의 삶의 패턴이 달라지기 시작했다. 어떻게 더 레슨을 잘 할 수 있을지 기도하며 방법을 찾기 시작했다.

첫 번째로 결정하게 된 것은 레슨을 가장 잘하시는 분께 레슨을 받으면서 배우는 것이다.

이렇게 묻는 사람이 있다. 서울대 교수님이 가장 실력이 뛰어나고 잘 가르치는 것 아니냐고 말이다. 그렇기도 하지만 적어도 나에게는 아니었다. 내 기준에서 잘 가르치는 분은 학생의 수준에 맞게 성장하도록 도와주는 분이다.

내가 대학에서 경험한 레슨은 두려움과 괴로움이었다. 열심히 노력하는 데도 성장이 잘되지 않았고, 나의 열심과 관계없이 교수님의 기분이 나쁘면 이유 없이 혼나기 일쑤였다.

내가 만난 대학생들이 교수님들께 가장 많이 들었던 이야기 중에 하나는 바로 이것이다.

"나는 되는데 너는 왜 안 되니? 넌 재능이 부족해!"

재능과 능력이 뛰어난 교수님 입장에서 재능과 능력이 부족한 학생을 볼 때 답답하고 화가 나는 것이다. 그러면 재능과 능력이 부족하면 성악가가 되기 힘든 것일까? 그렇지 않다.

학창 시절에는 고음이 나지 않아서 '우라까이(음 이탈)'라는 별명을 가진 선배가 있었는데, 대학 졸업 후에 고음을 뚫어서 세계적인 콩쿠르에서 입상하고 세계 무대에서 활동하는 선배가 있다.

목소리가 작아서 오페라를 하기 힘들다는 평가를 받았던 소프라노 바바라 보니는 가곡의 스페셜리스트로 활동하다가 후에 기량이 좋아져서 오페라 가수로 성공하기도 했다.

뛰어난 선생님은 학생을 성장하게 만드는 선생님이다. 추상적이고 어려운 발성을 쉽게 이해하도록 노력하는 선생님이다.

대학을 졸업하고 선생님을 찾기 시작했다. 선후배를 통해서 수소문한 끝에 탁월한 선생님을 만나게 되었다. 선생님은 서울대를 졸업하시고, 메이저 콩쿠르에서 우승하셨다. 이미 많은 학생을 성장시키셔서 결과를 만들어 내셨고, 인격적인 선생님이셨다. 뛰어난 실력을 가지고 있으시지만 성악가의 삶을 내려놓으시고, 선교단체에 헌신하신 분이다.

선생님과 3년 반 동안 공부하면서 발성의 기초와 기본기를 정립하게 되었다. 레슨을 받을 때마다 녹음하고, 그 내용을 노트에 다시 정리하면서 레슨의 모든 노하우를 흡수하게 되었다. 이 기간에 여러 콩쿨에 나가서 입상할 수 있었다.

그 후에 대구에 대단한 선생님이 계신다는 소문을 듣고, 일주일에 하루를 할애해서 대구에 레슨받으러 다니게 되었다. 이미 뛰어난 제자를 여러 명 배출하신 분답게 티칭이 뛰어나셨다. 6개월간 그분의 노하우를 집중적으로 흡수하고 정리했다. 그분의 폭력적인 성향이 아니었다면 더 오랫동안 배웠을 텐데, 아쉬움을 간직한 채 레슨을 마무리했다.

은혜기억

고등학교 시절부터 십수 년 동안 레슨을 받으면서 선생님의 좋은 부분은 받아들이고, 나쁜 부분은 없애려고 노력했다.

좋은 부분은 무엇일까?

1. 이해될 수 있도록 쉽게 알려주기.
2. 목표를 제시하고 열정을 불어 넣어주기.
3. 레슨 노트를 작성하기.
4. 끊임없이 참고 성장을 기다려주기.
5. 성장할 수 있도록 방법을 찾아주기.

재능이 뛰어난 학생은 레슨 내용에 대해 이해를 잘하고, 몸으로도 잘 컨트롤된다.

예를 들어 횡격막을 낮추는 복식호흡에 대해 소리로 보여주고 설명을 해주면 즉시 해내는 학생이 있다. 또 공명에 관해 설명하면서 시선 방향으로 소리를 높이며 울림을 만드는 것에 대해 보여주면 즉시 모방하며 자기의 실력으로 만들어 버린다.

이렇게 재능이 뛰어난 학생은 항상 소수다. 성악에서 재능의 격차가 참 큰 편이다. 재능이 부족한 학생은 이해력도 떨어지고, 설령 이해하게 되었더라도 그것을 몸으로 해내는 능력도 떨어진다. 보통의 선생님은 이런 학생을 보면 독설을 하고, 화를 낸다. 하지만 뛰어난 선생님은 어떻게든 방법을 찾아내어서 성장하도록 만든다.

나에게 발성의 노하우가 10가지가 있다고 가정해 보자. 재능이 뛰어난 학생은 5가지 정도만 알려줘도 충분히 실력이 좋아지고 빠르게 성장한다.

반면 재능이 부족한 학생은 10가지를 모두 알려줘도 성장이 더디다. 뛰어난 선생님은 이 학생이 어떻게 하면 성장할지 고민하고 더 쉽게 이해할 수 있도록 새로운 노하우를 만들어낸다. 재능이 부족한 학생 덕분에 자신의 노하우가 20가지, 30가지로 늘어나게 되는 것이다. 이렇게 만들어진 노하우는 모든 학생에게 도움이 되게 된다.

선생님의 나쁜 점은 어떤 게 있을까?

1. 시간약속 어기기
2. 레슨 취소하기

3. 화 내기.

4. 폭언과 독설하기.

5. 폭력 행사.

실력은 뛰어나신데 시간관념이 없는 분이 의외로 많았다. 레슨 당일에 개인 일정 때문에 취소하기도 하고, 1시간~2시간 기다리게 하는 분도 있었다. 나는 레슨을 하면서 시간 약속을 절대 어기지 않겠다고 결심했다.

재능이 부족해서 이해력이 떨어지고, 같은 실수를 반복하는 학생이라도 기다리면서 반복적으로 설명하며 성장시키도록 노력을 해오고 있다.

06 어떤 책을 읽을까요?

고든 맥도날드는 저서 『내면세계의 질서와 영적성장』에서 이렇게 밝혔다.

제 1법칙: 계획되지 않은 시간은 나의 약점이 있는 곳으로 흐른다.

나의 영성이 무너지고 하나님과 거리가 멀어질 때 나의 시간은 세상의 즐거움과 재미에 빼앗기게 된다는 것을 수많은 경험을 통해 알게 되었다.

나는 가만히 앉아서 독서하는 성향이 아니다. 독서 외에 재미있는 것이 참 많다. 내가 독서 습관을 가지게 된 것은 기적

은혜기억

과 같은 일이다.

나는 TV를 봐도 밤새 본다. 특히 시리즈로 된 드라마는 처음부터 끝까지 보는 편이다. 100편 가까이 되는 드라마 '삼국지'를 다 봤고, 미국 드라마 '24시'도 시즌1부터 9까지 200편이 넘지만 처음부터 끝까지 다 봤다.

스포츠를 보는 것도 좋아해서 축구, 야구, 탁구, 테니스, 격투기 등 주요 경기를 모두 볼 때가 있었다. 축구 하나에 빠져도 내가 응원하는 멘체스터 유나이티드, 리버풀, 바르셀로나의 경기를 모두 보게 된다.

대학 2학년 여름방학 때는 2주 동안 잠을 줄이고 먹는 것도 대충 먹으면서 한 게임의 마지막 단계까지 끝을 냈다.

어떤 책을 읽을까요?

대학을 졸업하고 결혼한 후에 앞으로 어떻게 살아야 할지 진지한 시간을 가지게 되었다. 내 인생을 놓고 간절히 기도를 드렸다. 그때 응답을 주신 것이 바로 독서다. 항상 기도하는 기도제목 중 하나는 '어떤 책을 읽을까요?'다.

기도하면 응답을 주신다. 나에게 필요한 주제의 책을 알려 주시고 독서의 열정을 불어넣어 주신다. 집에 TV를 없애고 독서에 집중하기 시작했다.

내가 읽는 책은 크게 두 부류다. 신앙 서적과 일반 서적이다.

조나단 에드워즈는 하루나 반나절 동안 신학 공부를 하고 그 다음 하루나 반나절 동안에는 다른 공부를 하는 독서 원칙을 세워서 치우치지 않고 균형을 맞추려고 했다고 한다.

금산, 『책 읽는 방법을 바꾸면 인생이 바뀐다』

로이드 존스는 이렇게 말했다.

신학 서적과 전기 읽는 것을 서로 균형 있게 하는 것이 중요 하다.

백금산, 『책 읽는 방법을 바꾸면 인생이 바뀐다』

20대 초중반에 독서할 때도 좋았지만, 결혼을 하고 자녀가 생기니까 책임감을 가지고 독서를 하게 되었다.

매일 1~2시간 동안 독서를 했다. 대학 때에는 중앙도서관에서 빌려서 읽는 경우가 많았지만, 이때부터는 좋은 책을 발견하면 구입해서 읽었다.

빌려서 읽을 때는 책에 줄을 그으면서 읽을 수 없었기 때문에 아쉬웠는데, 내 책을 읽을 때는 마음껏 줄을 그으면서 읽을 수 있어서 좋았다.

마음에 와닿는 문장이나 새로운 깨달음, 실천해야 할 내용이 나오면 줄을 그었다. 매우 중요한 부분, 즉 이 책의 핵심이나 반복적으로 읽어서 체화해야 할 내용은 별표 표시를 했다. 별표가 있는 페이지는 모서리를 접어놓고, 일독이 끝난 후에는 그 페이지의 별표가 있는 내용을 워드로 요약해서 정리했다.

책 한 권을 정리하면 A4 용지 10포인트로 1페이지에서 10페이지 정도 되는 책이 있고, 수십 페이지로 요약되는 책도 있다. 나에게 있어서 좋은 책은 요약 분량이 많은 책이다. 그만큼 마음에 와닿고, 깨닫고, 실천할 내용이 많다는 뜻이다.

신앙 서적 몇 권을 소개하자면, 『빌하이벨스의 인생경영』 27페이지, 『존 비비어의 구원』 25페이지, 하용조 목사님의 『로마서의 축복』은 34페이지에 달한다.

일반 서적 중에는 『책 읽는 방법을 바꾸면 인생이 바뀐다』 (백금산) 10페이지, 브라이언 트레이시의 『백만 불짜리 습관』 15페이지, 니시무라 아키라의 『CEO 다이어리엔 뭔가 비밀이 있다』 22페이지 분량이다.

처음에 책을 읽을 때는 줄을 그으며 핵심을 파악하는 방법으로 읽기 때문에 비교적 시간이 많이 걸리지 않는다. 두 번째 읽을 때 핵심을 요약하며 워드로 정리할 때 시간이 많이 걸린다.

군 시절에는 PC를 이용할 수 없었기 때문에 독서 노트에 직접 손글씨로 요약하며 정리를 해서 시간이 매우 오래 걸렸다.

결혼 후 독서를 본격적으로 할 때는 PC로 작업하니까 훨씬 속도가 빨라졌다. 한글 문서로 몇 년간 작업하다가 개인 사이트에 독서 요약본을 올리게 되었다. 시간은 많이 걸리지만 눈으로 한번 읽는 것보다 직접 요약하며 정리할 때 기억에 오래 남는다.

은혜기억

구소련의 과학자 알렉산드르 알렉산드로비치 류비셰프는 자신의 독서 습관에 대해 다음과 같이 밝혔다.

나는 책을 읽을 때마다 매우 꼼꼼하게 요점정리를 해두는데 아직까지도 여전히 이런 작업에는 많은 시간이 소요된다. 그 결과 지금은 엄청난 자료를 보유하게 되었다.

내가 젊었을 때는 다른 친구들에 비해 독서량이 매우 적었다. 그들은 대충 훑어보는 식으로 책을 읽었지만 나는 매우 꼼꼼히 보았기 때문이었다.

하지만 나는 매우 꼼꼼히 책을 읽기 때문에 책 내용이 오랫동안 나의 기억 속에 남게 된다. 그래서 시간이 점점 지날수록 내가 가진 지식은 다른 사람에 비해 훨씬 더 풍부해지는 것이다.

시간을 정복한 남자, 류비셰프 中

이렇게 책 한 권을 요약하면 A4 용지의 양면으로 출력해서 요약본 파일 폴더에 넣는다. 처음에는 몇 권 되지 않았기 때문에 모두 가지고 다녔지만, 나중에는 그 양이 너무 많아져서 그 주간에 다시 읽을 요약본만 챙겨서 다녔다.

출퇴근할 때 지하철에서 가장 많이 읽었다. 갈 때 1시간, 올 때 1시간 동안 읽고 또 읽었다. 요약본을 읽으면 짧으면 5분, 길면 30분 정도면 한 권을 모두 읽게 된다. 이미 읽고 요약했던 내용이기 때문에 속도는 더 빨라진다. 좋은 책은 읽고 또 읽어도 좋다. 실천할 내용이 많고, 변화되어야 할 내용이 많기 때문이다. 그래서 내가 좋아하는 책은 100번도 넘게 읽게 된다.

독서 초보일 때 세종대왕의 독서 습관에 대해 읽고 내가 모방할 수 있을까 의문을 가졌을 때가 있다.

세종대왕은 백독백습을 실천했다고 한다.

어릴 때부터 유난히 독서를 좋아했던 세종대왕은 '백독백습' 즉, 100번 읽고 100번 쓰는 것을 습관화했다.
아버지 태종이 주는 책이면 사서삼경을 비롯해서 어떤 책이든 밤을 새워 가며 읽으면서 한 번 읽고 한 번 쓸 때마다 '바를 정'자를 표시하면서 백번 읽고 백 번을 썼다고 한다.

백금산, 『책 읽는 방법을 바꾸면 인생이 바뀐다』

설교의 황태자라고 불리는 영국의 찰스 스펄전은 『천로역정』을 100번이나 읽었다고 한다. 그는 자신의 독서 습관에 대해 이렇게 말했다.

철저하게 읽어라 몸에 흠뻑 밸 때까지 그 안에서 찾아라. 읽고 또 읽고 되씹어서 소화해 버려라. 바로 여러 분의 살이 되고 피가 되게 하라. 좋은 책은 여러 번 독파하고 주를 달고 분석해 놓아라.

백금산, 『책 읽는 방법을 바꾸면 인생이 바뀐다』

꾸준히 독서하면서 좋은 책을 찾게 되고, 그 책을 반복적으로 읽으면서 삶이 변화되기 시작했다.

신앙독서를 하면서 기도, 말씀, 전도, 구원, 십자가, 성령 등 다양한 주제로 읽었는데, 기도 부분에서 특히 많은 영향을 미친 사람이 바로 조지 뮬러다.

07 조지 뮬러 기도 따라하기

기도에 대한 설교를 수없이 듣고, 기도에 관한 책도 많이 읽고 실천해 보았다. 열정적으로 기도할 때가 있었지만, 기도가 뜸해질 때도 있었다. 다양한 기도를 시도해보고, 나에게 잘 맞는 기도 습관을 찾아가게 되었다. 모든 기도 방법이 좋겠지만, 자신에게 잘 맞는 기도 습관이 있다고 생각한다.

나에게 부담스러운 기도 방법이 있었는데, 그건 바로 통성기도이다. 수련회에서 수없이 많이 부르짖으며 기도했고, 금요철야기도나 기도원에서 통성으로 기도했다. 통성으로 기도하면 목이 쉬는 경우가 많았다.

위급하고 간절한 기도를 해야 할 때는 통성기도가 나왔지만, 평상시에는 통성으로 기도하는 것이 성악 전공자인 나에게는 부담스러웠다. 목이 쉬면 성대의 컨디션이 나빠져서 노래하거나 레슨이나 강의하는 데 큰 지장을 받았기 때문이다.

다양한 기도를 시도한 끝에 나에게 가장 잘 맞는 기도 방법을 찾게 되었다. 그 이후로는 기도를 쉬지 않고, 지금까지 지속하게 되었다.

나에게 가장 큰 영향을 준 기도 멘토는 바로 조지 뮬러다. 조지 뮬러는 1805년에 프러시아(독일)에서 태어나서 영국에서 활동하며 1898년까지 살았다. 20세에 회심하고 73년간 하나님과 동행하는 삶을 살았다. 1만 명 이상의 고아를 보살폈고, 선교사를 200명 이상 후원했으며, 300만 명 이상의 사람에게 복음을 전했다. 조지 뮬러를 일컫는 가장 유명한 대명사는 '50,000번 기도 응답을 받은 사람'이다.

조지 뮬러의 기도를 분석해보면 몇 가지 특징이 있다. 첫째는 기도를 기록했다는 것이다. 그는 기도 목록을 기록하고, 응답받은 것을 체크했기 때문에 50,000번 기도응답 받았다는 것을 통계낼 수 있었다. 그는 날짜와 기도 내용을 일기처럼 기록했다. 고아원 건립을 위해 기도할 때 다음과 같이 기록했다.

1846년 1월 31일, 고아원 건물 때문에 하루도 거르지 않고 하나님의 응답을 기다린 지 이제 89일이 되었다.

2월 1일, 가난한 어느 과부가 10실링을 보내주었다.

2월 2일, 애슐리 다운에 고아원을 건축하기에 적당하고 값이 싼 부지가 있다는 소식을 들었다.

2월 3일, 그 부지를 확인했다. 헌금함에 금화 1파운드와 쪽지 한 장이 들어 있었다.

"새로운 고아원 건립에 사용해주세요."

2월 5일, 땅 주인을 만났다. 계약을 끝마쳤다.

조지 뮬러 기도의 두 번째 특징은 사소한 것부터 중요한 것까지 모두 기도했다는 것이다. 그는 다음과 같은 계기로 작은 문제까지 기도했다고 고백한다.

주님께 고아원에 어린이들을 보내달라고 한 번도 기도하지 않았다. 당연히 지원자가 넘칠 것이라고 생각했었다. 예정일이 되자 단 한 명도 지원하지 않았다.

그날 저녁 내내 하나님 앞에 엎드려 기도했다. 나는 고아원을 설립하려는 동기를 한 번 더 낱낱이 검토했다. 일차적인 목적은 하나님께 영광을 돌리는 것이었다. 두 번째 목적은 고아들의 영적 행복이었다. 세 번째 목적은 그들의 신체적 행복이었다. 기도한 후에 하나님이 책임져주실 것이라고 어느 때보다 확신하게 되었다.

다음 날 첫 번째 지원자가 도착했다. 이후로 계속해서 44명이 더 지원했다. 중략. 나는 작은 문제까지도 주님께 간구하게 되었다.

세 번째 특징은 끈기 있게 기도했다는 것이다. 조지 뮬러는 수십 년간 응답되지 않더라도 결코 기도를 멈추지 않았다.

1844년 11월, 나는 다섯 명의 영혼들이 주님에게 돌아올 수 있도록 기도했다. 나는 하루도 거르지 않고 기도했다. 병이 들었든 아니면 뭍이나 바다를 여행하든, 일로 바쁘든 항상 그들을 위해서 기도했다. 그렇게 18개월이 지나자 한 사람이 회심을 했다. 5년이 지나자 또 다른 한 사람이 회심했다. 나머지 세 사람을 위해서 여전히 기도했다. 세 번째 사람도 돌아왔다. 나머지 두 사람을 위해서 기도했지만 하나님께로 돌아오지 않았다. 36년간 기도했지만 그들은 여전히 회개하지 않았다. 그러나 계속 기도할 것이다.

조지 뮬러가 52년간 기도했지만 두 사람은 조금도 반응하지 않았다. 하지만 1898년, 그가 세상을 떠난 뒤에 하나님은 두 명의 영혼 역시 하나님께 돌아오도록 만드셨다.

브니엘, 『5만 번 응답받은 조지 뮬러의 기도』

네 번째는 말씀에 근거해서 기도했다는 것이다. 조지 뮬러는 자신의 욕망을 이루기 위해서 기도를 드린 것이 아니라 성경을 읽으면서 믿음으로 기도했다.

시편 81편을 읽다가 그 어느 때보다 10절이 간절하게 다가왔다.

입을 크게 벌리라. 내가 채우리라.

나는 잠시 이 구절을 묵상하고 나서 고아를 위한 사업에 적용

해 보았다. 나는 하나님의 뜻에 순종하면서 내 간구에 응답
하는 순간을 정하지 않았다. 그분에게 고아원 건물을 달라고
기도했다. 그리고 1천 파운드와 어린이들을 제대로 돌볼 수
있는 사람을 놓고 간구했다.

1835년 12월 10일, 기도한 지 5일 지난 날 편지를 받았다.

우리는 자격이 있는지 모르지만 고아원 사역에 헌신합니다.
또한 가구 일체를 고아원에 기증하겠습니다.

12월 13일, 어느 형제가 매주 4실링, 해마다 10파운드 4실
링을 헌금하기로 약정했다.

다섯 번째는 기도응답의 시기를 자신이 결정하지 않았다는
것이다. 사람들이 기도하다 지치는 이유는 자신이 원하는 시
기에 기도응답이 이루어지지 않기 때문이다. 조지 뮬러는 하
나님이 응답하기를 원하시는 때를 기다렸다.

나는 하나님의 뜻에 순종하면서 내 간구에 응답하는 순간을
정하지 않았다.

브니엘, 『5만 번 응답받은 조지 뮬러의 기도』

나는 조지 뮬러의 기도 책을 읽고 실천하기 시작했다. 읽고 실천하고 또 읽고 실천했다. 나에게 맞는 스타일로 자리를 잡아서 이제는 어떤 슬럼프가 와도 무너지지 않는 기도 습관을 가지게 되었다.

나는 프랭클린 다이어리에 기도를 기록했다. 매우 사소한 것부터 중요한 것까지 모두 기록하며 기도하기 시작했다.

예를 들면 다음과 같다.

2007년.

1월 19일 새벽 특송 가운데 성령의 능력을 주소서.

1월 22일 내일 입시 실기 시험을 치는 제자들이 자신의 실력을 모두 발휘할 수 있도록 은혜 주소서.

3월 18일 어머니 당뇨 증세를 치유해주소서.

3월 25일 부활절 칸타타 곡들을 잘 암기할 수 있도록.

4월 2일 성경을 읽을 때 저에게 꼭 필요한 말씀을 주소서.

4월 8일 저에게 해를 가했던 사람을 용서할 수 있도록.

6월 17일 집 앞에 무단 투기 쓰레기 문제를 해결해주소서.

7월 2일 레슨실 좋은 조건으로 계약할 수 있도록.

7월 23일 아이 고열과 빈맥 원인을 찾고 치료받을 수 있도록.

8월 31일 시간을 낭비한 죄를 용서해주소서.

9월 2일 반주자 문제를 주님께 맡깁니다.

9월 4일 불면증을 고쳐주소서.

10월 5일 주께서 거룩하신 것처럼 거룩한 삶을 살도록.

10월 12일 오늘 리허설 녹음과 공연 가운데 주께서 함께하소서.

10월 26일 일대일 성경공부 가운데 은혜 넘치도록.

11월 2일 싱크대 배수관 문제를 해결할 수 있도록.

11월 9일 성령 충만한 삶 살길 원합니다.

11월 21일 2007년 목표를 잘 마무리하도록.

11월 24일 제 모든 죄악을 예수님의 피로 깨끗케 하소서.

12월 1일 이사갈 때, 좋은 주인과 이웃을 만날 수 있도록.

12월 10일 신앙, 일, 관계에서 균형 잡힌 삶을 살 수 있도록.

2007년 기도 제목의 일부를 나누었다. 2007년에는 398개의 기도 제목을 기록했고, 그중에 357개의 기도 응답을 받게 되었다. 기도 응답은 세 가지이다.

1. 내가 기도한 대로 응답해 주신 것

2. 한 가지 문을 닫으시고 다른 문을 열어주시는 것

3. 응답해주시지 않음으로 응답해주시는 것

2007년에 357개를 응답해 주신 것은 1, 2번에 해당하는 것이다. 3번에 해당하는 것까지 포함한다면 100퍼센트 응답인 것이다.

3번은 주로 욕망과 이기심을 채우는 것이나 나에게 위험한 결과를 초래하게 되는 것이다.

예를 들어 어린아이가 젤리를 좋아해서 밥도 먹지 않고 젤리만 먹는다. 이런 아이가 계속 젤리만 달라고 한다면 어떤 부모가 들어주겠는가. 또 아이가 날카로운 칼을 달라고 한다면, 당연히 주지 않을 것이다. 그것이 아이에게 위험하기 때문이다.

빌 하이벨스는 저서 『너무 바빠서 기도합니다』에서 이렇게 말했다.

내 경우, 기도하고 싶은 마음을 자극하는 가장 큰 동기는 바로 응답된 기도다. 내가 결정하기 어려운 사안을 놓고 기도하던 중, 드디어 하나님의 인도하심을 감지하고 그 길을 따른다. 나중에 보니 그것이 나로서는 최선의 선택이었다는 것을 알게 되면, 다음부터는 내게 다가오는 모든 결정거리에 대해서 기도해야겠다는 동기가 생긴다.

은혜기억

기도를 기록하면 아버지 하나님께서 얼마나 세밀하게 응답하시는지 깨닫게 된다. 하나님과 친밀해지는 가장 강력한 방법이 바로 기도다.

이런 목적을 상실하고, 단지 자신의 신앙생활을 자랑하기 위해 기도한다면 바리새인이 되는 것이다. 바리새파 사람은 혼자 말로 이렇게 기도하였다.

하나님, 감사합니다. 나는 남의 것을 빼앗는 자나, 불의한 자나, 간음하는 자와 같은 다른 사람들과 같지 않으며, 더구나 이 세리와는 같지 않습니다. 나는 이레에 두 번씩 금식하고, 내 모든 소득의 십일조를 바칩니다.

누가복음 18:11~12

기도의 목적은 오직 주님과 교제하기 위해서, 주님과 친밀해지기 위해서다. 또한 하나님의 살아계심과 역사하심을 경험하기 위해서다.

이사를 하면서 다이어리 중에 일부분을 잃어버려서 중간에 비어있는 부분은 있지만, 지금까지 쉬지 않고 기도하고 있다. 기도의 깊이나 횟수 면에서는 조지 뮬러의 신들메 풀기도 감당하지 못할 만큼이지만, 이 방식은 나에게 있어서 기도를 지속하게 하는 강한 에너지가 되고 있다.

2007년	398개
2008년	577개
2009년	1144개
2010년	792개
2011년 (1~10월)	446개
2012년 (5~12월)	483개
2013년	잃어버림
2014년 (3~12월)	169개
2015년	246개
2016년	447개
2017년	344개
2018년(1~8월)	217개
2019년(5~12월)	266개
2020년	361개
2021년	487개
2022년(1~10월)	569개

은혜기억

기도 장소

기도 목록을 작성하며 기도하는 장소는 다양하다. 교회, 기도원, 사무실, 집, 지하철, KTX, 비행기, 놀이동산, 여행지 등.

그중에서 가장 많은 시간 동안 기도한 곳은 당연히 교회이다. 특히 금요철야기도 때 가장 자주, 그리고 오랫동안 기도를 해 왔다.

위기 상황에는 기도원으로 달려간다. 세상과 완벽하게 단절하고 기도 목록과 성경만 가지고 기도원에 들어간다. 온전히 하나님과 독대하며 하나님께 부르짖는다.

수년 전에 이런 일이 있었다. 한 학생이 입시 레슨을 하고 있었는데, 집안 형편이 좋지 않았다. 어느 날부터 레슨비를 전혀 내지 못하는 상황이 되었다. 그 부모는 몇 달 후에 이사갈 예정이었는데, 집이 팔리면 레슨비를 꼭 내겠다고 했다. 입시까지 8개월 정도 남았지만 그 말을 믿고 입시 레슨을 진행했다. 입시가 끝나기 직전에 집이 팔렸다고 했다. 그런데 몇 주가 지나도 레슨비를 받지 못했다. 학생과 이야기를 해보니 기존 집이 팔고 새로 이사갈 때 더 좋은 집으로 이사가면서 대출을 받았다고 한다. 그래서 일부만 먼저 보내고 나머지는 입시가 끝나고 6개월 후에 주겠다고 했다.

이런 비상식적인 상황에서 학생의 부모와 여러 번 전화 통화를 하면서 스트레스를 많이 받게 되었다. 그때 위염을 앓게 되었고 몇 주 사이에 몸무게가 74kg에서 59kg으로 줄게 되었다.

그 상황만 생각하면 계속 화가 나고 스트레스가 심해져 갔다. 도저히 감당되지 않아서 기도원에 1박 2일 일정으로 들어갔다. 금식하며 하나님께 부르짖고 또 부르짖었다. 이 상황을 모두 알고 계시는 하나님께서 길을 인도해 달라고 기도했다.

이렇게 기도하고 돌아왔더니 '기적적인 일이 일어났습니다.'라고 고백하면 얼마나 좋을까. 그 후로도 상황은 변하지 않았다.

당시의 멘토 권사님과 이야기를 나누게 되었다. 함께 기도해주시면서 이렇게 조언해주셨다.

"세진 형제! 힘들죠? 내가 같이 기도해줄게요. 지금 너무 힘들겠지만, 우리 말씀에 순종해 볼까요? 누가복음 6장 28절에 이런 말씀이 있어요. 너희를 저주하는 자를 위하여 축복하며 너희를 모욕하는 자를 위하여 기도하라. 우리 함께 기도로 축복해 봐요."

나는 그날부터 그 학생과 그 가정을 위해 축복하며 기도하기 시작했다. 그 가정 위에 하나님의 축복이 임하도록 매일 기도했다. 감정적으로는 축복하고 싶은 마음이 없었다. 소송을 해볼까 하는 생각도 해봤지만 말씀에 순종하여 의지적으로 기도를 드렸다. 그렇게 몇 달이 흐르고 정해진 기한이 왔지만 결국은 수 개월치의 레슨비를 떼어 먹고 마무리가 되었다.

하지만 그 후 한 달이 지나고 이상한 일이 생기기 시작했다. 갑자기 수강생들이 몰려오기 시작했다. 서울, 경기뿐만 아니라 대전, 전주, 대구, 부산에서도 레슨을 받으러 왔다. 그때 받지 못했던 수개월치의 레슨비를 매달 부어 주시기 시작했다.

여호와의 말씀에 내 생각은 너희 생각과 다르며 내 길은 너희 길과 달라서 하늘이 땅보다 높음 같이 내 길은 너희 길보다 높으며 내 생각은 너희 생각보다 높으니라. 이사야 55장 8-9절

매일 기도

다니엘이 이 조서에 왕의 도장이 찍힌 것을 알고도 자기 집에 돌아가서는 윗방에 올라가 예루살렘으로 향한 창문을 열고 전에 하던 대로 하루 세 번씩 무릎을 꿇고 기도하며 그의 하나님께 감사하였더라.

다니엘 6:10

기도 목록에 기록하며 기도하는 것은 일주일에 1회에서 2회 정도 기도한다. 기도 목록에는 사소한 것부터 중요한 것까지 모든 기도 제목을 적는데, 그중에서 중요하다고 생각하는 핵심 기도를 정리하게 되었다.

책을 읽으면서 좋은 내용은 밑줄을 긋고, 별표를 치고, 접어놓았다가 요약 정리를 해서 반복적으로 읽는다고 했다. 마찬가지로 기도하면서도 핵심이 되는 중요한 기도는 반복적으로 기도하는 것이 중요하다.

그렇게 정리하게 된 기도 제목은 매일 반복적으로 기도한다. 사무실에 출근하면 가장 먼저 하는 일이 바로 핵심 기도를 쓰면서 기도하는 것이다.

나는 50개의 기도 제목을 정리하게 되었는데, 그중에서 몇 개의 기도 제목을 공유해 본다.

하나님과 친밀하길 원합니다

성령님께서 제 삶을 인도해주소서

하나님을 경외합니다

평생 하나님께 쓰임받길 원합니다

죄악을 용서해 주시고 불쌍히 여겨주소서

지혜와 믿음을 후히 주소서

사고 질병 재앙 악 사탄으로부터 가정을 지켜주소서

시간관리에 성령의 기름을 부어주소서

운동 선수는 매일 운동을 한다. 매일 규칙적으로 운동하지 않으면 컨디션이 떨어지고 실력이 떨어지게 된다. 성악가는 매일 발성과 노래 연습을 한다. 매일 습관적으로 하지 않으면 좋은 컨디션을 유지할 수 없고 기량이 떨어지게 된다.

하나님을 사랑하는 성도는 매일 주님께 기도를 드린다. 매일 주님과 대화한다. 며칠 동안 기도하지 않으면 하나님과 거리가 생기게 된다. 하나님과 멀어지면 죄악 가운데 거할 가능성이 높아진다. 그러면 하나님과 더 멀어진다. 악순환에 빠지게 되는 것이다.

다윗은 밧세바와 범죄 후에 이렇게 고백했다.

나를 주 앞에서 쫓아내지 마시며 주의 성령을 내게서 거두지 마소서

시편 51:11

기도를 하는 가장 중요한 이유는 바로 하나님과 친밀해지기 위해서다. 하나님과 가까워지면 문제는 문제가 되지 않는다. 하나님께서 사랑하는 자녀의 길을 인도해주시기 때문이다.

다음으로 하나님과 가까워지기 위해 성경 읽기와 예배에 집중했던 경험을 정리해 본다.

은혜기억

성경 읽기 습관

중학교 3학년 때 중등부 겨울 수련회를 지리산 수양관으로 갔다. 3박 4일 동안 성경을 일독하는 시간이었다. 첫째 날에는 금식을 하고, 다음 3일 동안은 식사하며 성경을 읽었다.

그때 우리에게 나눠주신 성경은 현대인의 성경이었다. 수련회 전에도 성경을 읽어본 적이 있었지만 처음부터 끝까지 읽어본 적이 없었다. 쉬운 언어로 되어 있는 현대인의 성경으로 읽으니까 이해도 잘 되고 속도도 빨랐다. 새벽부터 밤늦게까지 성경만 읽었다. 읽고 또 읽었다. 깊이 있게 읽지는 못했지만 난생 처음으로 성경을 일독할 수 있는 소중한 기회였다.

그 후로는 통독으로 읽기보다 묵상 위주로 읽었다. 특히 고등학교 2학년 때 여름 수련회에서 성령 체험을 하고 성경을 읽을 때였다. 〈날마다 주님과〉라는 큐티책으로 묵상을 하는데, 성경을 읽으면 음성으로 들렸다. 성경을 읽고 난 후에도 주님과 대화하면서 그날의 말씀을 통해서 구체적으로 삶을 인도해주셨다. 스토리가 있는 창세기나 사도행전도 읽기 좋았지만, 예언서나 로마서와 같은 딱딱하고 깊이 있는 내용도 깨달아지고 이해되었다.

입시를 하거나 대학 생활을 할 때는 많이 읽지는 못했지만 군대 가기 전과 군 생활을 하면서 성경을 많이 읽게 되었다. 맥체인 성경 읽기표로 표시하며 성경을 읽었다. 하루에 4장 정도 읽으면 일 년에 성경을 일독할 수 있고, 신약과 시편은 두 번 읽을 수 있다.

결혼 후 어느 분의 간증을 듣고 성경 읽기에 불이 붙은 적이 있었다. 하루에 10장을 읽어서 일 년에 3독을 하고 그렇게 수년 동안 하고 있다고 했다.

그 간증에 감동을 받아서 한 해는 결단하고 하루 10장 읽기를 도전해보았다. 집중해서 읽는 데 한 시간 정도 걸렸다. 바쁜 삶 가운데에 매일 한 시간씩 성경을 읽는 시간을 내는 것이 쉽지는 않았지만, 일 년 동안 3독을 읽어보았다.

다양한 버전으로 성경을 읽었다. 개역개정판으로 읽고, 표준새번역으로 읽고, 쉬운 성경으로도 읽었다. 그 후로 유진 피터슨의 메시지 성경으로도 읽고, 만화로 된 성경도 읽었다. 그 외에 일러스트 성경, 비전 성경 등 다양한 버전의 성경을 읽게 되었다.

이렇게 다양한 버전으로 읽거나 반복적으로 성경을 읽을 때, 언제나 은혜로운 말씀을 주시지만, 그때마다 나에게 주시는 메시지는 달랐다. 읽을 때마다 이런 생각이 든다.

'아니 이런 구절이 있었어?'

나의 상황에 맞게 인도하시는 말씀을 경험하게 된다. 이 방법은 성경을 통독한다는 점에서 참 좋았다. 하지만 목표를 정하고 진도를 계속 나가야 하기 때문에 빠르게, 가볍게 읽는 편이다. 깊이 있게 묵상하면서 읽기는 쉽지 않다.

그래서 수년간 통독과 묵상을 반복하다가 몇년 전부터는 통독을 하되 마음에 와닿거나 중요하다고 생각하는 말씀을 줄을 긋거나 별표를 치며 읽었다. 이제는 빠르게 일독하는 것에 메이지 않고 하나님께서 나에게 주시는 말씀을 표시하며 비교적 천천히 읽었다. 그리고 일독이 끝나면 줄 친 부분과 별표 한 부분을 직접 요약 정리하게 되었다.

출근하면 PC로 한글 파일에 한 페이지씩 그 내용을 워드로 적으면서 천천히 묵상하며 읽는다. 이 과정에서 믿음이 단단해지고, 기도했던 기도에 대해서 응답이 주어지고, 앞으로 어떤 방향으로 나아가야 할지 인도함을 받는다.

주의 말씀은 내 발의 등이요 내 길에 빛이니이다

시편 119:105

예배 습관

나에게 있어서 예배 시간은 삶의 중심이다. 하나님과 가장 깊이 있게 만나는 시간이다. 예배 때 하나님께 감사와 찬양을 올려드린다. 무엇보다도 예배 시간에 성령으로 임하셔서 지혜와 능력을 주시고 비전을 주신다. 끊임없이 반복적으로 앞으로 될 일을 보여주신다.

예배 때 선포되는 말씀을 통해서 나의 인생의 방향성이 결정될 때가 매우 많았다. 중요한 갈림길에 있을 때 주님께 드린 기도 제목에 대한 응답을 주실 때가 많다. 찬양을 드리고 있을 때 환상이 떠오르기도 한다.

이번 펜데믹 기간에 정부 지침에 따라 온라인예배로 전환될 때가 많았다. 현장에서 예배드리지 못할 때 매우 안타까웠다. 그러다가 오프라인으로 풀렸을 때, 여전히 확진자가 많을 때도 최선을 다해 현장 예배에 참석했다. 현장에서만 체험할 수 있는 주님의 은혜가 있기 때문이다. 편의에 의해서 예배가 흔들리면 주님과의 관계는 흔들린다. 예배가 삶의 중심이 되어야 주님과의 관계가 흔들리지 않는다.

성악 레슨을 하면서 주일에 레슨을 원하는 사람이 참 많았다. 입시생이나 취미생 모두 일요일은 레슨 받기 참 좋은 날이다. 주일에도 레슨을 했다면 더 많은 수입이 생겼겠지만, 안식일을 기억하며 거룩히 지키라는 십계명 말씀에 순종하며 주일에는 일하지 않고 예배를 드리는 것에 집중했다.

매달 생활비가 부족하거나 어려운 상황에도 이 말씀에 순종하는 것은 쉽지 않다. 하나님께서 나와 가정을 이끌어주신다는 믿음이 필요하다.

또한 돈을 잘 벌고 있을 때도 매출과 수익에 집중하고 있으면 주일에 일하고 싶은 마음이 들기도 한다. 이런 욕심에 빠져 있으면 하나님이 내 삶의 주인이 아니라 돈이 내 삶의 주인이 되어 버린다.

중고등부 시절부터 신앙생활을 해오면 이런 유혹에 빠질 위험이 비교적 적다는 점에서 유익이 있다.

아브라함은 어느 곳에 가든지 제단을 쌓았다. 하나님께 예배를 드렸다. 본토 친척 아비의 집인 하란을 떠나서 가나안 땅에 갔다. 세겜 땅에서 제단을 쌓고 예배를 드렸고, 벧엘 동편 아이로 이동해서 제단을 쌓고 예배를 드렸다. 네게브로 갔다가 다시 벧엘 동편 아이로 왔을 때 또 제단을 쌓고 예배를 드렸다. 그 후에 롯과 헤어지고 헤브론의 마므레로 갔을 때 제단을 쌓고 예배를 드렸다.

아브라함의 인생은 예배로 가득 차 있다.

내가 너의 자손에게 이 땅을 주겠다. 아브람은 거기에서 자기에게 나타나신 주님께 제단을 쌓아서 바쳤다.

창세기 12:7

아브람은 또 거기에서 떠나 베델의 동쪽에 있는 산간지방으로 옮겨 가서 장막을 쳤다. 서쪽은 베델이고 동쪽은 아이이다. 아브람은 거기에서도 제단을 쌓아서 주님께 바치고 주님의 이름을 부르며 예배를 드렸다. 창세기 12:8

은혜기억

그 곳은 그가 처음으로 제단을 쌓은 곳이다. 거기에서 아브람은 주님의 이름을 부르며 예배를 드렸다.

창세기 13:4

아브람은 헤브론의 마므레에서 살았다. 거기에서도 그는 주님께 제단을 쌓아서 바쳤다.

창세기 13:18

아브라함은 어느 곳에 가든지 하나님께 예배를 드렸다. 아브라함은 예배를 통해서 하나님을 만났고, 하나님과 교제했고, 믿음이 성장하게 되었다.

나는 지방에 가거나 해외에 갈 때에도 주일에 어느 곳에서 예배를 드릴지 미리 준비를 한다. 홈페이지나 유튜브를 통해 목사님의 설교를 미리 들어볼 수도 있고, 주보를 보면 내가 갈 곳인지 아닌지를 알 수 있다.

08 음악해서 밥은 먹고 살겠어?

내가 성악을 시켜달라고 부모님께 말씀드렸을 때, 부모님과 주변 어른들이 가장 많이 한 말이 '음악 해서 밥은 먹고 살겠어?'라는 말이다. 세계적인 성악가가 되거나, 대학 교수가 된다면 부유한 삶을 살 수 있겠지만, 이런 사람은 극소수이다.

결혼을 하고 아이가 태어나면서 하나님께 기도드렸다.

'가족을 책임질 수 있도록 능력을 부어 주소서!'

기도하면서 레슨 실력을 어떻게 키울 수 있을지 지혜를 구하며 노력했다. 그때마다 어떻게 가르쳐야 할지 구체적으로 알려주셨다.

은혜기억

이해하기 쉽게 설명하기

먼저 레슨 실력이 뛰어난 것이 무엇인지를 생각하고 정리하게 되었다. 실력이 뛰어난 선생님은 학생을 성장시키기 위해서 이해하기 쉽게 설명한다. 이해하기 쉽게 설명하기 위해서는 수많은 시간 동안 연구하고 생각해야 한다.

예수님은 복음을 설명하시기 위해서 수많은 비유를 사용하셨다. 내가 가장 좋아하는 비유는 바로 달란트 비유이다. 달란트를 많이 가지고 있느냐 적게 가지고 있느냐가 중요한 것이 아니라 자신의 달란트를 이용해서 열매를 맺고 달란트를 남기는 것이 중요하다.

비유를 사용하면 학생들이 쉽게 이해한다. 발성에 대한 비유 중에 한 가지를 나누고 싶다.

공명을 이해시키기 위해서 학생들에게 4분면으로 설명했다. 옆모습을 4분면으로 나누어서 앞쪽 위쪽을 1사분면, 앞쪽 아래쪽을 2사분면, 뒤쪽 위쪽을 3사분면, 뒤쪽 아래쪽을 4사분면으로 나누었다.

좋은 공명을 얻기 위해서는 1사분면 방향으로 소리를 보내야 한다. 발성 훈련을 해보지 않은 사람의 많은 경우에는 2사분면으로 소리를 보낸다. 즉 입 앞으로 소리를 보내면서 '생목'으로 소리를 낸다. 그렇기 때문에 목에 힘이 많이 들어간다.

또 어떤 사람은 소리 포인트가 넓어서 3사분면 쪽으로 소리가 넘어간다. 공명 포인트가 퍼지거나 소리의 음색이 어둡기 때문에 울림이 약하다.

훈련되지 않은 경우에 2사분면이나 3사분면에서 소리를 내는 경우가 많다. 2사분면에서 목으로 소리를 내는 사람은 1사분면 쪽으로 소리를 올려주는 것이 중요하다. 그러면 공명이 강화된다. 또 3사분면에서 퍼지고 어두운 소리를 내는 사람은 소리의 초점을 모으는 훈련을 해서 1사분면 방향으로 소리를 보내준다.

레슨 때에는 학생의 소리가 2사분면에 있는지, 3사분면에 있는지 방향성을 알려주고, 소리를 흉내 내준다. 그리고 1사분면에서 울림이 있는 소리를 내준다. 비유로 설명을 해주면 훨씬 쉽게 이해하고 습득할 수 있다.

이런 비유를 떠올리기 위해서 학생 입장에서 수없이 많은 생각과 고민을 거듭해왔다. 기도할 때, 예배를 드릴 때, 성경을 읽을 때, 책을 읽을 때 이해하기 쉬운 비유가 불현듯 떠오른다. 그때마다 노트에 적어놓고 학생들에게 즉시 알려주면서 노하우를 업그레이드해 나갔다.

레슨 차트 작성하기

요즘 병원에 가면 환자마다 어떻게 진단을 했고, 어떻게 처방했는지 차트를 띄워놓고 설명해주는 경우가 많다.

마찬가지로 학생 한 명 한 명의 레슨 내용을 기록했다. 매 레슨 때마다 어떤 발성을 훈련했는지, 어떤 곡을 레슨했는지, 이 학생의 문제점은 무엇인지, 나아가야 할 방향은 무엇인지를 기록한다.

문제점을 적으면 아이디어가 떠오르게 된다. 머릿속으로만 생각하면 문제가 무엇인지 잊게 되는 경우도 많고, 좋은 아이디어를 찾기도 힘들어진다.

헨리에트 앤 클라우저의 저서 『종이 위의 기적, 쓰면 이루어진다』에 이런 내용이 나온다.

근심을 기록하면 비로소 그것은 현실적인 문제가 된다. 해결책은 근심이 현실적인 문제가 됐을 때만 찾을 수 있다. 머릿속에, 마음속에 근심을 넣어두고만 있으면 그것은 너무나 막연하기 때문에 결코 해결책을 찾을 수 없다. 당신의 두려움을 기록하고 그것을 휘저어라.

글로 적어보면 문제가 무엇인지 정확하게 파악할 수 있고, 해결책을 찾을 수 있게 된다. 학생의 장단점을 정리하고 가장 빠르게 성장할 방법을 적고, 또 적으면서 찾아나갔다.

녹음, 그리고 노트 작성

가장 빠르게 성장하는 방법은 레슨 때 지적 받은 내용을 반복적으로 연습해서 자신의 노하우가 되도록 만드는 것이다.

1시간 동안 레슨하면서 학생에게 많은 내용을 알려주고 지적해준다. 이 내용을 한 번 듣고 기억할 수 있는 사람은 없다. 그렇기 때문에 학생이 스스로 녹음하도록 해 주고, 그 내용을 반복적으로 듣도록 했다.

또한 레슨 노트를 마련해서 그날 배운 내용의 핵심을 노트에 적도록 했다.

반복적으로 지적받는 내용이 바로 레슨의 핵심이다. 그 핵심을 파악해서 집중적으로 연습하면 지적받는 내용이 줄어들게 되고, 좋은 발성 습관을 가지게 된다.

이렇게 레슨 내용을 녹음하면서 듣고, 기록하고 복습하는 학생과 그냥 레슨 때 한 번 듣고 넘어간 학생과의 차이는 크다. 성장 속도가 2배 이상 차이가 나기도 한다.

즉 평범한 학생이 2년 동안 배울 내용을 1년 만에 습득할 수도 있다는 뜻이다.

습관을 만들어 주기

빠르게 성장하기 위해서는 습관을 바꿔야 한다. 깊게 호흡을 들이마시면서 횡격막을 내리는 습관, 단전을 잡아당기는 습관, 선명한 음색으로 성대를 붙여주는 습관, 시선 쪽에서 비강 초점을 좁혀주는 습관, 목을 열면서 호흡을 흘려보내는 습관, 호흡에 실어서 소리를 멀리 보내주는 습관, 레가토로 음을 연결하며 선율을 만들어 주는 습관, 가사의 뜻에 맞는 감정을 표현하는 습관 등 바꿔야 할 습관이 많다.

이렇게 습관을 바꾸려면 연습을 잘해야 하는데, 스스로 연습할 수 있도록, 복식호흡 연습법, 후두 내리기 연습법, 혀 풀기 연습법을 알려주고, 발성 mr을 제공해서 스스로 연습할 수 있도록 시스템을 만들어줬다.

또한 연습 장소를 구하는 방법, 적절한 연습 시간을 찾는 방법, 연습 루틴을 만드는 방법 등 구체적으로 적용할 수 있는 방법을 알려줬다.

은혜기억

리더십, 대화법 배우기

성악 레슨에서 중요한 것 중에 하나는 학생에게 동기부여를 하고, 높은 목표를 설정하도록 도와주고, 학생의 성향에 맞게 칭찬과 지적을 적절히 배분해서 이끌어가는 것이다. 즉 리더십에 대해서 공부하고 학생이 열정적으로 목표에 집중하도록 이끌어준다.

학부모와 상담할 때가 자주 있는데, 통화를 하거나 직접 대화할 때 잘못된 대화 때문에 오해가 생기거나 레슨이 중지되는 경우가 있었다.

그때마다 문제점이 무엇인지 파악하고 같은 실수를 반복하지 않도록 글로 적고 변화하기 위해서 노력했다.

인간관계와 대화법, 리더십에 대한 책을 많이 읽으면서 나의 부족한 점이 무엇인지 파악하고 경청하는 법, 동기부여 하는 법, 이끌어 가는 법을 배워 나갔다.

나에게 큰 도움을 주었던 책 중에 하나는 데일 카네기의 『인간관계론』이다. 1936년에 출간된 책이지만, 세대가 지나도

동일하게 적용할 수 있는 구체적인 방법이 많아서 읽고 또 읽
었다.

은혜기억

09 책 한 권 쓰는 소원

중학교 3학년 때 성악을 전공하고 싶었지만 부모님이 반대하셨을 때 찾았던 것이 발성 책이었다. 그때 한 권의 발성 책을 읽고, 성악은 독학할 수 없다는 것을 깨닫게 되었다. 책이 너무 어렵고 이해되지 않았다.

대학 2학년 때 목이 자주 쉬고, 성대결절이 생겼을 때 발성의 문제를 해결하기 위해서 대형서점을 들렀다. 그때 다양한 책을 읽었지만 구체적으로 도움이 되는 책은 없었다.

몇 년 후 성악레슨을 하면서 '어떻게 하면 더 잘 가르칠 수 있을까.'를 고민하면서 서점을 들렀다. 몇 년이 지났지만 도움이 될 만한 책이 없었다.

그동안 레슨을 받으면서 얻었던 노하우와 수백 권의 책을 읽으면서 레슨 현장에서 적용하며 얻을 수 있었던 노하우를 기록해왔다. 그 내용을 쉽게 풀어서 책으로 내면 어떨까 하는 생각이 들었다.

하지만 학창 시절에 가장 자신이 없었던 과목이 국어였다. 대학 때에도 리포트를 써서 내는 것이 항상 부담스러웠다. 내가 책을 쓴다는 것은 기적에 가까운 일이었다. 생각만 반복하다가 포기하기를 몇 년 동안 보내게 되었다.

그런데 책을 읽으면 읽을수록 '내 평생에 책 한 권만 쓰면 소원이 없겠다'라는 생각이 들었다.

그러던 어느 수요일에 예배에 참석했는데, 설교를 듣는 중에 매우 강한 환상이 내 눈 앞에 펼쳐지는 것을 경험하게 되었다. 이미 책을 출간한 나의 모습과 책의 제목까지 구체적으로 떠오르게 되었다.

그날 이후로 예배드릴 때나 찬양할 때나 기도할 때 끊임없이 비전이 떠오르고 강한 열망이 생겨나게 되었다. 그래서 일단 원고를 써 보기로 결단했다.

　　　　　　　　　　　　　은혜기억

책상에 앉아서 그동안 기록했던 노하우를 보면서 목록을 만들고 각 장의 주제에 맞는 글을 쓰기 시작했다.

글이 술술 써질 줄 알았는데, 막상 써 보니까 그런 기적적인 일은 일어나지 않았다. 하나님은 나에게 그런 쉬운 길을 허락하지 않으신다는 것을 깨달았다.

농부가 봄에 씨를 뿌리고, 모내기를 하고, 물을 대고, 뜨거운 여름을 보낸 후에 수고를 다해서 가을에 추수하듯이, 하나님의 자연법칙 안에서 열매를 맺을 수 있도록 인도하셨다.

매일 몇 시간씩 쓰고 지우기를 반복하며 원고를 쓰게 되었다. 생각보다 진도가 잘 나가지 않았다. 1년 6개월 동안 원고를 썼지만 원고 분량의 절반도 쓰지 못했다. 글을 쓰는 것은 나에게 있어서 독서보다 100배는 더 어려운 작업이었다.

하지만 하나님께서 꿈을 주셨고, 그것을 이루어주실 것이라는 믿음이 흔들리지는 않았다. 그래서 기도하고 또 기도하면서 방법을 구했다. 그러던 어느 날 서점에 가고 싶은 마음이 들었다.

'책을 잘 쓰는 방법에 관한 책이 있지 않을까?'

서점에 가니까 역시 책을 쓰는 방법에 대한 책들이 있었다. 여러 책을 살펴보는데, 그때 발견한 책이 바로 명로진 작가의 『인디라이터』라는 책이다.

인디라이터는 '인디펜던트 라이터(Independent Writer)의 준말인데, 한 권의 책을 기획하고 취재하여 저술해 낼 수 있는 능력을 가진 사람이라는 뜻이다.

이 책을 읽으면서 나에게 부족한 내용이 무엇인지 깨닫게 되었다. 이미 여러 권의 책을 출간해본 저자의 경험대로, 목록을 만들고, 문장을 다듬고, 출판 기획서를 쓰는 것까지 구체적인 내용을 적용하며 글을 쓰게 되었다.

그러다가 홈페이지에서 명로진 선생님이 직접 강의하는 16주 과정 인디라이터반을 발견하여 즉시 수강 신청을 하고, 강의를 듣게 되었다.

이 강좌는 나에게 꼭 필요한 강좌였다. 매주 자신의 원고를 써서 게시판에 올리면 동기들과 선생님의 코멘트를 받는 과제가 있었다. 강의 내용도 좋았지만, 매주 기한 안에 한 꼭지를 써서 올리는 것이 참 좋았다. 16주 동안 한주도 빠지지 않고 강의를 들은 대로 적용해서 과제를 올린 결과 원고를 완성할 수 있게 되었다.

원고를 완성하고 어느 출판사가 나의 원고와 잘 맞을지를 조사했다. 음악 전문 출판사인 예솔 출판사가 나의 원고의 방향성과 잘 맞겠다는 생각으로 컨택하게 되었다.

강의 때 써놓았던 기획서와 원고를 보내고 답변을 기다리고 있었다. 놀랍게도 내가 원했던 책의 제목과 디자인, 그리고 인세까지 기획서에 쓴 대로 계약을 하게 되었다.

그렇게 나온 책이 바로 『성악비법24』다.

내 평생에 책 한 권 쓰는 것이 소원이었는데, 그 소원이 너무 빨리 이루어지게 된 것이다. 돌아보면 이 일은 하나님께서 비전을 주시고, 성취할 수 있는 능력을 주셨기 때문에 가능한 일이었다.

책이 나온 이후에 성악 관련 카페에 광고를 올리고, KBS

FM 노래의 날개 위에 프로그램 담당자와 컨택해서 출간 이벤트를 진행하게 되었다. 홍보가 잘 되어서 3개월 만에 1쇄가 모두 팔렸다.

그때 인세를 받고 기뻐하고 있었는데, 아내가 조용히 물어봤다.

"인세는 처음이죠? 첫 열매네요!"

그래서 하나님께 첫 열매를 드렸다.

그 후로 독자들이 읽고 반응이 좋아서 10년이 지난 지금까지도 스테디셀러로 팔리고 있다.

이 책은 기초가 약한 성악 전공자를 대상으로 쓴 책이다. 그래서 입시생들이 많이 읽고, 학부모들도 많이 읽었다. 책을 통해서 입시생과 음대생들이 레슨을 받으러 찾아왔다.

전공자 외에도 아마추어, 합창단원, 성가대원, 뮤지컬 배우, 실용음악 보컬트레이너, 국악 전공자, 재즈 보컬리스트 등 다양한 분야에서 책을 읽고 발성을 배우기 위해서 찾아오게 되었다.

레슨은 주로 개인레슨을 진행해 왔는데, 책을 출간했을 당시 집중적으로 읽었던 책의 저자가 바로 공병호 박사였다. 공병호의 『자기경영노트』, 『실용독서의 기술』, 『10년 법칙』, 『1인 기업가로 홀로서기』, 『미래 인재의 조건』 등 많은 책을 읽고 적용하게 되었다. 공병호 박사가 운영하는 홈페이지에서 자기경영 세미나를 운영하는 것을 알게 되었는데, 그룹 강의와 단체 강의를 진행했다.

그 방식 중에 그룹강의 커리큘럼을 보고, 성악 레슨에 적용해보게 되었다. 그룹으로 수강생을 모집해서 8주 과정으로 진행했다.

책을 교재로 해서 책 내용의 핵심 내용을 8주에 나누어서 강의하고, 한 사람씩 발성 레슨과 성악곡 레슨을 하게 되었다.

그룹반 레슨이 반응이 좋아서 책이 나온 직후 2009년부터 지금까지 10년 이상 진행하고 있다.

10 피터 드러커의 공부법

설교와 책과 강의를 통해 알게 된 대가가 바로 피터 드러커다. 피터 드러커는 경영학의 아버지라고 불리기도 하는데, 법학, 정치학, 경제학, 사회학 등 사회과학 전반에 대한 전문서를 30여 권을 펴내었고, 소설과 수필집과 예술 분야에 관한 책도 썼다. 피터 드러커의 공부법이 인상적이었다.

피터 드러커는 3~4년마다 새로운 주제를 선택해서 한 분야를 집중적으로 공부한다. 책과 논문을 읽고, 강의도 들으면서 비교적 깊게 공부를 하는 것이다. 그리고 그 분야에 관한 책을 저술하면서 한 분야를 정리하는 것이다.

이런 방식으로 60년 이상 다양한 주제를 공부했다고 한다.

은혜기억

그 주제는 통계학, 중세 역사, 일본 미술, 경제학 등 다양하다.

- 책 읽는 방법을 바꾸면 인생이 바뀐다, 백금산

나는 첫 번째 책을 쓴 이후에 계속 공부하고 성장하고 싶은 열망이 생기게 되었다. 피터 드러커처럼 전문적이거나 깊게 공부할 능력은 부족하지만, 내가 좋아하고 관심이 가는 분야를 3~5년 정도 공부하고 책을 쓰는 피터 드러커 스타일의 공부법이 마음에 들었다.

#두번째 책

성악 전공자 뿐만 아니라 다양한 분야의 수강생들을 만나게 되었고, 10대부터 80대까지 폭넓게 가르치게 되었다. 레슨을 하면서 원칙을 세운 것이 있다.

'아무리 재능이 부족해도 학생을 포기하지 않는다.'

재능이 뛰어난 학생을 가르치면 비교적 쉽게 성장한다. 가르치면서 학생과 선생이 함께 즐겁게 공부를 한다. 하지만 재능이 부족한 학생은 쉽게 성장하지 않는다.

재능이 뛰어난 학생은 몇 가지 노하우만 알려줘도 매우 빠르게 성장한다. 하지만 재능이 부족한 학생은 노하우를 5가지, 10가지를 가르쳐줘서 성장속도가 느리고, 20가지를 가르쳐줘야 서서히 성장한다.

나는 재능이 부족한 학생을 성장시키기 위해서 부단히 노력했다. 생각하고 기도하고 찾고 구했다. 그랬더니 노하우가 하나씩 계발되었다. 이전에 성악비법24에서 정리했던 노하우뿐만 아니라 호흡, 공명, 성대를 다른 각도로 노하우를 정리해서 계속 기록하고 카페에 글로 정리했다.

독자 중에 책을 읽고 궁금한 내용을 카페에서 질문할 수 있도록 방을 만들었는데, 그 질문에 대한 답을 하며 노하우가 더 계발되고 축적되게 되었다.

이 내용을 5년 정도 모아서 두 번째 발성책인 '발성테크닉43'을 출간하게 되었다.

책을 쓰는 것은 나에게 있어서는 쓸 때마다 쉽지 않다. 홀로 책상에 앉아서 한 꼭지를 쓰기 위해서 수십 시간 동안 쓰고 지우기를 반복한다. 목록을 만들고, 각 장의 주제를 쓰기 위해서 구상을 하고, 그 내용을 쓰기 위해서 다양한 예를 떠올린다. 수개월 동안 고독한 글쓰기를 반복해야 한 권의 책을 쓸 수 있다.

책을 쓸 때는 힘들지만, 한 권의 책을 완성하면 큰 기쁨과 만족감이 생긴다. 한 주제를 깊게 공부하게 되고 그만큼 성장하게 된다.

전공과 관련된 책을 쓰고, 취미와 관련된 책도 계속 쓰면서 재미있게 성장하고 있다. 성장에는 기쁨이 있다. 성장 과정에서 수많은 장애물을 만나게 되고, 그것을 극복하기 위해 기도하고 노력한다. 결국 목표를 이루면서 성장하게 되고, 그 경험이 누군가에게 도움이 되는 것까지 나아가게 된다.

#세 번째 책

30대 중반이 되었을 때 건강을 위해서 어떤 운동을 해야 할지 고민을 했다. 다양한 운동을 접해보고 재미있는 운동을 하기로 결정했다.

우연히 집 앞에 있는 주민센터에서 운영하는 탁구강좌를 알게 되었다. 탁구 레슨을 받고 회원들과 게임을 하면서 탁구가 잘 맞는 운동이라는 확신이 들었다. 탁구를 배우면서 건강을 챙기기로 결정을 했다.

어릴 때 교회에서 형들과 탁구를 치면서 재미있게 보냈던 추억이 있었고, 대학 때 탁구 수업을 수강하면서도 재미있던 기억이 있었다. 교회와 탁구 수업 때 나름 잘 치는 수준이었는데, 탁구강좌에서도 잘 치는 편이라서 재미있었다.

그러던 어느 날 탁구교실 회원의 지인 중에 고수가 한 명 놀러왔다. 그 사람은 지역 3부라고 했는데, 내가 아무리 컨디션이 좋아도 이 사람을 이길 수 없었다. 여러 번 도전했지만 압도적인 실력 차이로 패배할 수밖에 없었다. 좌절감을 느낀 후에 기도를 드리기 시작했다.

은혜기억

"하나님! 어떻게 하면 저 고수를 이길 수 있을까요?"

며칠 동안 기도하면서 떠오른 것이 탁구장이었다. 집 주변에 탁구장을 검색해보니까 여러 곳이 있었다. 세 군데 정도 방문해 보고 상담해 보기로 마음을 먹었다.

첫 번째 탁구장은 지하라서 공기가 나쁜 것 같았고, 두 번째 탁구장은 지상 3층에 있는 곳인데 상담을 하면서 마음을 접었다. 탁구 관장님이 불친절했고, 회원들도 비슷한 성향이었다.

세 번째 탁구장은 지상 2층에 있는 곳이었는데, 동네에서 가장 큰 탁구장이었다. 회원이 130명이 넘고, 탁구장 관장님이 친절하게 상담을 해주셨다. 또한 선수 출신의 코치님들에게 레슨을 받을 수 있어서 좋았고, 실력이 뛰어난 회원이 많아서 좋았다.

그날 탁구장에 등록하고 레슨을 받기 시작했다. 이전에 경험해 보지 못했던 체계적인 레슨을 받게 되어서 즐거웠다. 20분씩 주 3회 레슨을 받는데, 20분 레슨을 받으면 녹초가 될 정도로 레슨 강도가 강했다. 입에서는 단내가 나지만, 제대로 레슨을 받을 수 있어서 좋았다.

레슨이 끝나자마자 가쁜 숨을 고르며, 스마트폰 메모장을 열어서 그날 레슨 핵심을 적기 시작했다. 지적받은 내용을 집중적으로 연습하기 위해서다.

탁구장에는 실력별로 부수가 나누어져 있었다.

1부가 가장 잘 치는 사람이고, 6부가 가장 초보자들이다. 1부부터 6부까지 피라미드처럼 실력이 나누어져 있다.

그때 탁구장에 부수표를 붙여놓은 적이 있는데, 부수를 분석해보면 다음과 같다.

1부⑶명 상위 3% 이내
2부⑺명) 상위 8% 이내
3부⑾명) 상위 16% 이내
4부⒇명) 상위 30% 이내
5부⑷4명) 상위 62% 이내
6부⑸3명)
합계 – 138명

　　　　　　　　　　　　은혜기억

주민센터 탁구장에서는 나의 실력이 상위권이었지만, 이 탁구장에서는 5부였으니까, 중간 정도의 실력이었다.

부수가 나누어져 있다는 것은 실력 차이가 명확하다는 뜻이다. 간혹 5부가 컨디션이 좋은 날에는 4부를 이길 때도 있다. 하지만 평균적으로 4부가 훨씬 이길 확률이 높다.

그런데 컨디션이 좋아도 5부가 3부를 이기기는 쉽지 않다. 서브 실력이나 공격, 수비, 시합 운영 능력에 있어서 명확한 차이가 있다.

나는 탁구장에서 당시 관장님이었던 3부를 이기고 싶었다. 관장님과 시합을 하면 10번 시합을 해서 10번 모두 졌다. 그만큼 실력 차이가 많이 나는 것이다. 서브도 좋고, 드라이브도 멋지게 걸고, 공을 다루는 기술이 뛰어나다.

그래서 3부 실력을 가지면 소원이 없겠다는 열망이 생겼다. 어느 날 관장님께 물어봤다.

"제가 3부가 될 수 있을까요? 얼마나 걸릴까요?"
"지금처럼 열심히 레슨받고 시합을 꾸준히 하시면 2년 정도 노력하면 될 것 같은데요!"

그 말씀을 듣고 희망이 생기기 시작했다. 그리고 기도 목록
에 써 놓고 기도했다.

'주님! 3부가 될 수 있도록 능력을 내려 주소서!'

이런 것까지 기도할까 비판하는 사람도 있겠지만, 하나님
아버지와 사소한 것까지 모두 상의하고 대화하길 원했다.

기도하니까 전략이 떠올랐다. 부수표에 있는 5부를 모두 이
겨보기로 목표를 정했다. 탁구장에 갈 때마다 5부 모두와 시
합했다. 한 명씩 이름을 지워나가며 5부를 정복하기 시작했
다. 하지만 마음처럼 쉽지는 않았다. 레슨을 받는다고 해서
그 실력이 바로 현장에서 나오지는 않기 때문이다.

특히 빠른 회전 서브에 약하다는 것을 알게 되었다. 서브를
잘 받지 못해서 번번이 게임에서 지는 것이다. 이렇게 약점을
알게 되었을 때 코치님께 그것을 말씀드리고 회전 서브 받는
레슨을 받게 되었다. 그렇게 한 달 두 달 지나니까 서서히 그
서브를 받을 수 있게 되었다.

그때 승급하기 위한 확실한 기준을 만들었다.

1. 같은 부수의 모든 사람과 경기해서 세트 스코어 **3대0**으로 이긴다.
2. 윗 부수와 핸디 없이 경기해서 **70%** 이상의 승률을 거둔다.

이 두 가지를 완수하면 주위에서 이렇게 말하기 시작한다.

"저 친구는 빨리 부수 올려야 돼!"

이런 말을 들으면 승급할 실력을 가지게 된 것이다. 그리고 매월 열리는 탁구장 정기 시합에서 우승하면 공식적으로 승급하게 된다. 한 부수 올라가게 되는 것이다.

주 3회 레슨을 열심히 받으면서 기본기 훈련을 철저하게 하고, 부수표에 있는 모든 5부를 3대 0으로 이기고, 윗 부수와 핸디 없이 시합해서 70프로 이상의 승률을 달성하게 되었다. 결국 7개월 만에 정식 시합에서 우승해서 4부가 되었다.

다음 목표는 당연히 3부다. 그것을 이루기 위해서 계속 레슨을 받고 모든 4부와 시합하기 시작했다. 훨씬 까다로운 서브와 파워풀한 드라이브가 들어온다. 역시 약점이 노출되면 레슨 때 코치님께 그것을 상의하고 그 훈련도 열심히 받는다. 이렇게 해서 4부를 한 명씩 극복하기 시작했고, 3부와 핸디 없이 경기해서 승률을 높이기 시작했다.

게임을 하거나 시합하고 나면 스마트폰 메모장을 열어서 그날 실수했던 점과 부족한 부분을 적었다. 바둑 기사들이 복기하듯이, 패배의 원인이 무엇인지 적고 또 적었다.

가장 근본적인 원인은 기본기의 부족이다. 드라이브 능력, 커트 능력, 서비스 능력, 리시브 능력 등 기본기는 꾸준히 레슨을 받으면서 노력해야 서서히 좋아진다.

그런데 기본기 외에 다양한 패배의 원인이 있다는 것을 메모를 통해 알게 되었다. 그것은 다음과 같다.

워밍업 부족, 비오는 날의 습기, 낡은 러버, 헐렁하게 붙은 러버, 유난히 빠른 상대방의 템포, 과한 물의 섭취.

이런 요인은 패배 원인을 파악하면 다음에 대비할 수 있다. 그러면 승률이 올라가게 되는 것이다.

그렇게 레슨을 통해 기본기를 강화하고, 실전에서 패배의 원인을 분석해서 대비하고, 자주 게임을 하면서 실전 감각을 키우면서 1년 만에 3부가 되었다. 탁구장에 처음 등록할 때 소원했던 목표가 이루어진 것이다.

3부가 생각보다 빨리 되고 나서 이런 생각이 들었다. 2부도 될 수 있지 않을까?

고수들이 자주 하는 말이 있다. 40대에 탁구를 시작하면 4부까지 될 수 있고, 30대에 시작하면 3부까지 될 수 있고, 20대에 시작하면 2부까지 될 수 있다. 1부가 되려면 당연히 10대에 시작해야 된다는 말이다. 이런 관점에서 2부를 바라보는 것은 너무 높은 벽처럼 느껴졌다.

그때 선수 출신 코치님께 물어봤다.

"저는 몇 부까지 될 수 있을까요?"

고민도 하지 않고 1초 만에 대답을 주셨다.

"당연히 1부죠."

나는 깜짝 놀랐다. 이게 바로 아마추어와 프로의 생각 차이였다. 코치님은 이미 아마추어를 가르쳐서 1부까지 성장시킨 경험이 많았다. 나는 그것도 모르고 꿈꿀 생각조차 하지 않고 있었던 것이다.

그래서 그날 바로 기도 목록에 기도 제목을 1부로 바꿔서 적고 기도하며 훈련에 들어갔다.

기도를 하니까 1부를 달성하기 위해서는 탁구장 내에서만 훈련해서는 부족하다는 생각이 들었다. 1~2부 고수가 많지 않았기 때문에 시합을 많이 하기 힘들었기 때문이다.

그래서 1~2부가 많은 동호회를 찾아서 매주 시합하기 시작했다. 훨씬 다양한 전형의 1~2부들과 시합을 하면서 실전 경험을 쌓게 되었다. 그 노하우도 그때마다 메모장에 기록하며 축적해 나갔다. 그 모든 내용을 밝히기에는 너무 많은 내용이라서 여기에서 마무리한다.

결국 탁구장에 등록한 지 1년 6개월 만에 2부가 되었고, 3년 만에 1부가 되었다. 그 내용을 엮어서 세 번째 책 『아티스트의 탁구노트』를 출간하게 되었다.

은혜기억

그 후로도 관심 있는 분야를 몇 년간 공부하면서 책을 쓰는 방식 즉 피터 드러커식 공부를 계속해오고 있다.

다른 책에 관한 내용도 재미있는 에피소드가 많지만, 지면상 간단하게 설명하려고 한다.

#네 번째 책

성악 입시생 중에 실력은 비슷한데, 대학에 합격하는 사람이 있고 떨어지는 사람이 있다. 20여 년간 레슨을 하면서 그것이 명확하게 구분되는 것을 알게 되었다.

예를 들어서 입시 시험을 칠 때, 가사를 잊거나 소리가 목에 걸려서 실수할 때가 있다. 이때 실전 경험이 많은 학생은 하나의 실수를 빨리 마무리하고 그 뒤로는 실수하지 않고 끝까지 멘털을 잡고 자신이 준비한 것을 차분하게 발휘한다. 이 학생은 비록 감점은 되지만, 전체적으로 자신의 실력을 잘 보여주었기 때문에 결국 합격한다.

반면 어떤 학생은 실수를 한 후에 멘털이 무너져서 당황하고, 또 다른 곳에서 실수를 반복한다. 발성이 무너지고, 음악성을 표현하는 것을 놓친다. 하나의 실수를 하나로 끝내지 못하고 실수를 반복해서 완전히 망쳐버리는 것이다. 결과는 예상했던 대로다.

이렇게 기본 실력 외에도 준비해야 할 사항들이 많다. 그것을 구체적으로 정리해서 쓴 책이 바로 『성악입시비법』이다.

#다섯 번째 책

『성악비법24』와 『발성테크닉43』을 읽고 개인레슨이나 그룹레슨, 단체레슨에 수강한 사람 중에 합창단원이나 성가대원이 많았다. 합창하면서 어떻게 소리를 내야 할지 몰라서 레슨을 통해 성장하고 싶어 했다.

나는 대학 때 합창을 많이 하고, 졸업 후에도 다양한 합창 경험을 가지고 있었다. 특히 시립합창단에서 1년 동안 근무하면서 전문적인 합창 경험을 하기도 했다. 그리고 대학 때부터 성가대 지휘를 하면서 성가대원에게 발성을 가르쳐왔다.

그 내용을 합창단원을 가르치면서 효과적이었던 노하우를 정리해서 『합창단 성가대 발성레슨』을 전자책 출간하게 되었다.

책의 목차는 다음과 같다.

Part 1. 합창 Basic

1. 첫 번째 미션

2. 악보를 빠르게 익히려면

3. 시창능력 키우기

4. 악보의 큰 그림보기

5. 표정연기가 실력이다!

6. 가장 나쁜 습관

7. 실제 연주에서 박자를 세는 모션은 No!

8. 합창발성의 기준을 높이려면

9. 파트를 나누는 기준

10. 남성파트는 여성파트보다 한 옥타브 아래에서 소리를 낸다.

11. 합창발성과 성악발성의 같은 점과 차이점

Part 2. 합창 발성 Lesson

12. 발성능력이 실력의 핵심이다.

13. 호흡에 소리를 실어 보내기

14. 호흡의 문 열기

15. 복식호흡의 핵심, 횡격막

16. 복식호흡으로 노래하기

17. 정해진 곳에서 깊게 숨쉬기

18. 공명 찾기

19. 비강 공명과 연구개

20. 비강 공명 포인트 좁히기

21. 두성과 흉성 찾기

22. 성대 훈련하기

23. 성대 떨림과 비강 공명을 동시에 강화하는 연습법

24. 단전을 잡아당기며 호흡을 흘려보내기

25. 둔부와 하체의 힘으로 더 깊은 호흡으로

26. 노래에 몰입하기

27. 빠른 곡 소화하기

28. 복식호흡을 위한 호흡연습법

29. 워밍업 발성 연습

30. 탄탄한 실력을 갖추려면

은혜기억

2020년에 코로나가 터지면서 실내에서 운동하는 것이 부담스러워졌다. 그동안 탁구를 치면서 건강을 관리해왔는데, 실내에서 운동하다가 확진이 되거나 가르치는 학생들에게 전파할 가능성이 높아져서 탁구장에 가는 것을 멈추었다.

그즈음에 새롭게 만든 취미가 바로 등산이다. 사실 등산은 내가 가장 싫어하는 운동 중 하나였다. 초등생 때 부모님과 몇 번 등산을 간 적이 있었지만, 성악을 시작한 이후부터는 등산을 가는 것이 싫어졌다.

나는 호흡에 도움이 되기 위해서 고등학교 3학년 때 하루에 다섯 끼를 먹었다. 고3 초에 체중이 60kg이었지만, 1년 만에 10kg을 늘려서 70kg이 되었다. 허리둘레가 늘어나면 복식호흡을 구사할 때 확실히 유리하다. 대학 시절에 최대 86kg까지 늘린 적이 있다. 경험상 체중이 많이 나갈 때 노래하기 편하다.

하지만 체중이 많이 나가면 등산하기는 힘들다. 보통 사람보다 훨씬 숨이 차고, 땀이 많이 나고, 체력 소모가 심하다.

그래서 성악을 시작한 이후로 산에 간 경험이 거의 없었다.

그러다가 최근에 건강검진을 받았는데 과체중이라는 결과가 나왔다. 다양한 질병에 노출될 가능성이 높기 때문에 다이어트를 해보기로 했다.

10여 권의 다이어트 책과 운동 책을 읽고 식단을 바꾸고 운동을 했다. 그 결과 84kg에서 67kg까지 감량하게 되었다. 20주 만에 17kg을 감량한 것이다.

이때 주로 헬스장 런닝머신을 한 시간 정도 뛰고, 근력운동을 한 시간 정도 진행했다.

그때 용산구에 스튜디오가 있었는데, 조금만 걸어가면 남산이 있다는 사실을 깨닫게 되었다. 몸도 가벼워지고, 근력이 생긴 상황에서 남산타워까지 올라갔는데, 짧은 시간에 힘들이지 않고 올라갔다.

실내에서 모니터만 보고 뛰면서 운동하다가 산을 오르며 꽃향기, 나무 향기를 맡으며 햇빛을 맞으며 운동하니까 기분이 좋았다. 남산 정상에서 사방으로 탁 트인 서울 시내를 바라볼

은혜기억

때 전에 느껴보지 못했던 희열을 느끼게 되었다.

그 후로 서울에 어떤 산이 있는지 검색하며 목록을 작성하게 되었다. 당시 등산 초보였기 때문에 남산(265.2m) 수준의 산부터 알아봤다.

우면산(293m), 구룡산(306m), 대모산(293m), 인왕산(338.2m), 아차산(295.7m), 용마산(348m)

시간이 날 때마다 한 군데씩 탐방하기 시작했다. 서울에 이렇게 좋은 산이 많을 줄 몰랐다. 다이어트를 한 이후였기 때문에 몸도 가볍고, 다리 근육도 좋아져서 거침없이 등산하기 시작했다.

이런 산들을 오르면서 조금 더 높은 산을 알아봤다.

불암산(508m), 청계산(618m), 관악산(632m), 수락산(638m), 도봉산(740m), 북한산(837m)

이전 산들보다 다소 높아지면서 등산 시간도 늘어나고, 힘도 더 들었지만, 점점 적응해 나갔다. 서울에서 20년 넘게 살

고 있었지만, 이렇게 아름다운 산이 가까이에 있었다는 것을
모르고 살았던 것이다.

치악산에서 시작된 100대 명산

그동안 시간이 날 때마다 서울이나 근교 산을 다녔지만,
2018년 12월에 등산 버스를 타고 치악산을 가게 되었다. 45인
승 버스에 아는 사람은 아무도 없었지만, 등산하는 중에 나에
게 말을 붙여준 형님이 있었다.

등산하며 초보로서 궁금한 점을 많이 물어보았는데 친절
하게 알려주셨다. 등산화, 등산가방, 등산용품, 등산 어플을
소개해주었다.

치악산(1,288m)은 이전에 가봤던 산에 비해 높고 험했다.
힘겹게 정상에 올라서 사진을 찍었는데, 형님이 혹시 모르니
'블랙야크 100대 명산' 인증 타월을 주면서 찍어보라고 했다.
일단 사진을 찍고, 하산 길에 블랙야크 100대 명산에 대해 듣
게 되었다.

은혜기억

등산용품 브랜드로 알고 있었던 블랙야크에서 100대 명산을 지정하고, 인증용품으로 사진을 찍어서 블랙야크 알파인 클럽(BAC)에 가입해서 사이트(http://bac.blackyak.com)에 사진을 올리면 운영자들이 인증을 해주는 것이다.

그날 집에 돌아와서 가입하고, 100대 명산을 시작하게 된 것이다. 물론 처음부터 100대 명산을 완등하겠다는 목표를 가지고 있지는 않았다. 시간이 날 때마다 한 번씩 목록을 확인해서 다녀오는 정도였다.

2018~2019년은 필자 인생에 있어서 가장 바쁘고 일을 많이 하는 시기였다. 하루 종일 사무실에서 일하고, 피아노와 PC 앞에서 12~14시간 앉아 있는 라이프 스타일을 가지고 있었다.

실내에서 오랫동안 앉아서 일하면서 목 디스크, 허리 디스크, 어깨 통증이 생겨서 수개월 동안 치료를 받고 있는 상태였고, 어깨 통증이 너무 심해서 밤에 잠을 여러 차례 깰 정도로 나쁜 상태였다.

이대로 가다가는 몸이 완전히 망가질 것 같은 느낌이어서, 일주일에 하루는 운동을 제대로 해야 할 것 같았다. 그래서 시작한 것이 바로 100대 명산 등반이었다.

겨울에는 너무 춥고, 초봄에는 미세먼지가 심해서 한 달에 한 번 정도 등산했다. 봄이 되고, 공기가 좋은 날이 되자 일주일에 한 번씩 등산을 가게 되었다.

등산을 싫어하고 기피했던 내가 전국의 명산 100산을 완등한 것은 기적에 가까운 일이다. 등산 베이비에서 등산 초보, 그리고 마니아로 거듭나면서, 등산에 필요한 준비에 대해 기록해왔다.

어떻게 등산을 준비해야 하는지, 어떻게 호흡하면 덜 지치는지, 등산 계획은 어떻게 짜야 할지, 체력을 어떻게 분배해야 할지, 등산화, 등산복, 스틱, 도시락은 어떻게 준비해야 하는지 초보자의 눈높이로 정리해봤다.

프롤로그　등산 기피자에서 마니아로

Chapter 1 시너지 효과

Chapter 2 100대 명산 지도 구하기

Chapter 3 산행버스, 대중교통, 자차

Chapter 4 통제 기간 파악하기

Chapter 5 코스 확인하기

Chapter 6 등산 내비게이션 트랭글

Chapter 7 복식호흡을 사용하면 덜 지친다

Chapter 8 심장박동수 조절하기

Chapter 9 등산화 Vs. 운동화

Chapter 10 등산 스틱

Chapter 11 등산복 Vs. 운동복

Chapter 12 정상의 온도는 다르다

Chapter 13 천둥 번개 치는 날에는

Chapter 14 도시락과 간식 준비

Chapter 15 소소한 팁

11 유튜브에 대해 마음을 주시다

2017년 어느 날 예배를 드리고 있는데 유튜브를 만드는 것에 대해 마음을 주셨다. 당시에는 일반인들이 유튜브를 많이 하던 때는 아니었다. 예배를 드릴 때, 기도할 때, 찬양할 때 반복적으로 유튜브에 대한 마음을 주셨다.

나는 유튜브를 만드는 것에 대해 부담이 있었다. 나의 성격은 기본적으로 사람들에게 알려지는 것에 대해 부담스러워하는 성격이다. 나의 얼굴이 알려지는 것도 싫고, 많은 관심을 받는 것도 좋아하지 않는 편이다.

또한 영상을 만드는 것을 배워본 적이 없다. 어떤 프로그램을 사용해야 할지, 어떻게 영상을 찍어야 할지, 편집은 어떻게 해야 하는지 아는 것이 전혀 없었다.

그럼에도 불구하고 끊임없이 유튜브에 대한 마음을 주셔서 유튜브 영상 제작 방법에 관한 책들을 사서 읽고, 어떤 편집 프로그램을 사용해야 하는지에 대한 영상을 찾고 공부하기 시작했다.

물론 그 모든 과정에서 구체적으로 어떻게 유튜브를 만들어야 할지 세세하게 기도하며 만들어갔다.

수개월 동안 녹음하고, 편집하고, 영상을 만들면서 독학하며 유튜브를 만들어 보았다.

그렇게 첫 영상이 2018년 7월에 나왔다.

10분 분량의 유튜브 레슨 영상을 하나 만드는데 평균 6시간 이상 걸렸다. 그 후로 일주일에 2~3개의 영상을 업로드하기 시작했다.

총 세 개의 주제로 영상을 만들었다. 성악발성 레슨 50강, 합창단 성가대 레슨 17강, 성악입시 레슨 10강 강의를 만들어서 업로드했다.

그동안 배웠고 가르쳤던 내용을 초보자 수준에서 이해할
수 있도록 영상을 만들어서 노하우를 나누었다. 서울뿐만 아
니라 전국에서 영상을 보고, 미국이나 남미, 아프리카에서도
영상을 보면서 도움이 되었다는 답장을 받게 되었다.

첫 영상을 올린 후 몇 개월 만에 성악 레슨도 차고 넘치게
되었다. 개인레슨, 그룹반, 단체반 모두 가득 차서 대기를 받
게 되었다. 3개월에서 6개월을 대기하며 기다렸다가 레슨을
받는 수강생이 생겼다.

12 돈 사랑 Vs 하나님 사랑

돈을 사랑함이 일만 악의 뿌리가 되나니 이것을 탐내는 자들은
미혹을 받아 믿음에서 떠나 많은 근심으로써 자기를 찔렀도다.
디모데전서 6:10

중고등부 시절부터 많이 들었던 설교가 바로 돈을 사랑하지
말고 돈을 좇지 말라는 주제이다. 이 말씀이 자연스럽게 내
생각과 삶을 지배했던 것 같다.

하지만 내 인생을 돌이켜보면 돈 때문에 당한 상처가 많고,
돈을 좇을 만한 명분이 많았다.

중학교 3학년 때 성악레슨을 받고 싶어서 부모님께 부탁을

드렸다. 그 당시에 재능도 있었고, 열정도 있었다. 제대로 레슨을 받으면 예고에 갈 수도 있었다. 하지만 평범한 가정의 형편상 레슨을 받을 수 없었다.

고등학교 1학년 2학기 때 가창 시험을 치고 난 후에 음악선생님은 칭찬을 해 주시며 성악을 권하셨다. 이미 합창부에서 1년 가까이 지켜보셨고, 열정과 재능을 확인하셨기 때문에 확신있게 성악을 권하셨다. 그때도 부모님께 말씀드렸을 때 레슨비 때문에 레슨을 받을 수 없었다. 우여곡절 끝에 성악을 시작했지만, 재수, 삼수 할 때도 부모님은 힘든 가운데 레슨비를 지원해주셨다.

대학 1학년 말에 IMF 경제 위기가 찾아왔다. 1학년 때에는 기숙사에 살아서 생활비가 비교적 적게 들었지만, 2학년 때부터 기숙사에서 나와서 자취를 해야 했다. 당시에 보증금 100만 원에 월세 20만 원인 자취방에 살았다.

부모님의 자영업도 큰 타격을 받는 상황이어서 생활비를 벌어야 했다. 그래서 성가대 솔리스트를 했고, 결혼식 축가 아르바이트와 성악레슨을 했다.

은혜기억

3학년 때는 휴학을 하고 군대에 가기 전에 수개월 동안 아는 형의 옥탑방 단칸방에 얹혀살기도 했다.

군 제대 후에는 저렴한 자취방을 찾으려고 신림동과 낙성대, 서울대입구역 근처를 샅샅이 찾아다녔다. 당시에 최소 보증금이 500만 원 정도였는데, 내가 가진 보증금은 200만원뿐이어서 부동산에서 무시당하기 일쑤였다. 하지만 감사하게도 서울대입구역 근처에 보증금 200만 원에 월세 12만 원 하는 자취방을 찾았다.

창고를 개조한 방인데, 폭이 좁아서 친구들이 오면 일렬로 앉아야 하는 방이었다. 화장실은 건물 밖 대로변으로 나가서 1.5층 상가 공용화장실을 이용해야 했고, 화변기여서 큰일을 보고 나면 허벅지가 단련되는 곳이었다. 도시가스가 없어서 가스통으로 온수와 난방을 해야 했다. 겨울에 머리를 감고 있는데, 가스가 떨어져서 냉수마찰을 하기도 했다.

결혼할 때는 자취하고 있었던 복층 원룸에서 신혼생활을 시작했다. 나는 이곳에서 살면서 레슨을 했다. 아내가 퇴근하고 집에 왔을 때도 저녁 레슨이 있을 때는 아내는 위층에 올라가서 레슨이 끝날 때까지 숨죽이며 앉아 있었다. 그런 생활을 1년 넘게 지속했다.

그 후에 전셋집을 구하기 위해서 3개월 동안 100여 군데 집을 보러 다녔다. 가장 가성비 좋은 집을 찾기 위해 부단히 노력했다. 그때 지하가 아닌 지상 투룸을 구하게 되었다. 작은 방에서 레슨도 할 수 있어서 좋았다.

하지만 기쁨도 잠시, 새벽 2~3시에 뽕짝 소리가 들려왔다. 지하 1층에 있던 노래방에서 노래하는 소리가 2층까지 올라왔다. 다음 날에 1층 계단으로 내려가 보면 밤새 1층 술집의 손님들이 화장실인 줄 알고 들어왔다가 화장실이 없으니까 계단에 노상방뇨를 해놓았다. 아내는 임신한 몸으로 막대걸레를 들고 일주일에 몇 번씩 물청소를 했다.

이 집은 원래 상가 건물로 만들어져서 그런지, 하수구에 문제가 있어서 배수가 잘되지 않아서 거실이 자주 물바다가 되었다.

그즈음에 아이가 태어났는데, 안방에 곰팡이가 자주 생겨서 1년 동안 고생하다가 가족의 도움으로 서울 외곽의 18평 아파트 전세를 얻게 되었다.

은혜기억

첫째 아이가 생후 50일이 되었을 때 고열과 빈맥으로 중환자실에서 일주일 넘게 병원 신세를 졌다. 아이를 살려달라고 밤새 울며 기도했다. 그때 주께서 역사하심으로 열이 떨어지고 맥박이 정상으로 돌아와서 회복되었다. 너무나 감사했지만, 응급실 비용과 중환자실 비용을 걱정하지 않을 수 없었다. 가족의 도움으로 위기를 넘길 수 있었다.

며칠 동안 잠을 못 자면서 피로했는지, 면역력이 떨어져서 아이들이나 걸린다는 수두에 걸리게 되었다. 수두는 전염력이 강해서 병원에서도 1인실에 격리해서 치료받아야 했다. 4일 동안 1인실에서 잘 쉬며 회복했지만, 병원비를 걱정하지 않을 수 없었다. 그때도 병원에서 일하는 가족의 도움을 받게 되었다.

그즈음에 2008년 서브프라임 모기지 경제 위기가 왔다. 경제 상황이 어려워지자 수강생의 50% 이상이 레슨을 그만두었다. 당시에 레슨 스튜디오 월세를 낼 돈과 생활비가 부족해서 결혼반지와 목걸이를 비롯한 예물을 팔고, 은행에서 대출을 받기도 했다.

그때 새로 이사 간 전셋집이 2층이었는데 3층에 사는 부부가 밤 12시만 넘으면 물건을 부수며 고성을 내며 싸우곤 했다. 방음이 잘 되지 않아서 아내와 나는 공포 분위기 속에서 뜬 눈으로 잠을 못 자는 나날을 보냈다.

레슨 스튜디오를 얻을 때도 싼 보증금과 싼 월세를 얻으려고 3개월 넘게 100군데 넘게 발품을 팔며 알아보았다. 지하에는 저렴한 곳이 있었지만, 햇빛이 없고 공기가 나빠서 지상에 얻으려고 노력했다. 결국 지상 4층의 저렴한 스튜디오를 얻었다. 피아노와 책상 정도 들어가는 작은 스튜디오였지만 소음에 문제가 없었고, 레슨하기에 나쁘지 않았다.

그런데 저렴하고 낡은 사무실 건물이어서 옆 사무실과 아래 사무실의 사람들에게 좋지 않은 영향을 받기도 했다. 사채 사무실에 있던 사람들이 고등학교 3학년 여학생이 레슨을 받으러 계단을 올라가면 말을 걸기도 하고 귀찮게 했다. 그것에 대해 여러 번 항의했지만 말이 통하지 않는 사람들이었다.

3층에 있는 공동 화장실을 이용해야 했는데, 얼마나 지저분하게 사용하는지 자주 청소해야 했다.

2층에 있는 아주머니는 전기세를 아낀다며 저녁에 계단의

은혜기억

전등을 꺼놓았다. 공동전기가 아니라 2층 전기세가 나간다는 이유였다. 그래서 전기세를 계산해서 드렸더니 계산이 틀렸다며 따지며 불을 꺼버렸다. 전기세를 계산하는 방법을 설명해 주느라 수일 동안 반복해서 설명해야 했다.

이 일들 외에도 돈 때문에 참 다양한 일들을 겪었다. 이런 문제가 생길 때마다 기도 제목에 올려놓고 해결해달라고 기도했다. 수없이 많은 기도를 통해 주님의 살아계심과 역사하심을 경험하게 되었다. 이런 과정에서도 돈을 좇지 않고 주님께 의지하려고 노력했다.

그러던 어느 날 60대의 성공한 사업가 한분이 레슨을 받으러 오셨다. 레슨을 받으면서 발성이 많이 좋아지셨고, 레슨할 때 내가 설명하는 방식을 좋아하셨다. 이분은 서울대 출신으로 사업을 하면서 원하는 목표를 이루었고, 경매 투자로도 크게 성공한 분이었다. 수개월이 지난 어느 날 나에게 제안을 했다. 직접 나에게 경매를 가르쳐 주겠다고 했다.

참 감사한 일이었다. 바로 수락하지 않고 아내와 의논한 후에 답을 드리겠다고 했다. 그리고 아내와 수일 동안 함께 기도하며 주님께 물었다.

기도하면 할수록 경매를 배우고 싶다는 생각이 조금도 들지 않았다. 아내도 마찬가지였다. 결국 그분께 사실대로 말씀드렸다. 아내와 함께 기도해봤는데, 응답이 오지 않아서 배우기는 어렵겠다고 정중하게 거절 의사를 밝혔다. 의아하다는 표정이 아직도 눈에 선하다.

지금 지나서 보면 그때가 2013년이었으니까 부동산 가격이 저렴할 때였다. 그때 경매를 시작했다면 성공했을 가능성이 높다. 또 나의 성향상 가성비 좋은 물건을 찾기 위해 수백 곳을 보고 다녔을 것이다. 그럼에도 불구하고 하나님께서 허락하지 않으셨기 때문에 시작조차 하지 않았고, 지금도 후회는 없다.

하지만 한 가지 의문이 있었다. 십일조를 하면 넘치도록 채워주신다는 말씀과 간증을 많이 들었는데 왜 나에게는 그런 일이 일어나지 않을까 하는 의문이었다.

말라기 3장 10절에 보면 '만군의 여호와가 이르노라 너희의 온전한 십일조를 창고에 들며 나의 집에 양식이 있게 하고 그것으로 나를 시험하여 내가 하늘 문을 열고 너희에게 복을 쌓을 곳이 없도록 붓지 아니하나 보라.'라는 말씀이 나온다.

은혜기억

가장이 되고 난 후에 기도 제목 중의 하나는 나의 자녀가 돈 걱정하지 않고 배우고 싶은 것을 마음껏 배우는 것과 축복이 넘쳐서 선교사님과 주변에 어려운 분들에게 흘려보내는 삶을 사는 것이었다.

그런데 수년 동안 십일조를 해도 그런 축복이 나에게 나타나지 않았다. 하나님께서는 광야의 훈련을 통하여 먼저 그 나라와 의를 구하는지를 시험하시고자 하셨다고 생각한다. 돈을 추구하지 않고, 하나님의 나라와 의를 먼저 구하기를 원하시는 것이었다. 수없이 많은 테스트를 통하여서, 돈을 택하는 것이 아니라 하나님을 택하도록 훈련을 하신 것이었다.

만약 내가 아직 충분히 훈련되지 않은 상태에서 부를 허락하셨다면 하나님과의 관계가 멀어졌을지도 모른다. 그렇기 때문에 충분한 훈련과 테스트를 통해서 하나님만 의지하도록 아직 문을 열어주시지 않은 것이었다.

나의 때가 아닌 하나님의 때가 되면 하나님께서 부어 주신다. 앞서 나누었듯이 책을 쓰고, 유튜브를 하면서 레슨이 가득 차 넘치기 시작했다. 수개월 동안 대기했다가 레슨을 받는 대기자들이 생겼다.

첫 책을 쓰고 수입이 늘었을 때는 경제적인 훈련이 부족해서인지 수입이 들어오는 만큼 모두 소비했다. 신용카드를 사용하면서 오히려 수입보다 더 쓰며 빚이 생기기도 했다.

하나님은 이런 나를 위해서 좋은 경제 서적을 보여주셨다. 여러 책을 읽으면서 결단을 하고 수개월에 걸쳐서 빚을 줄여서 신용카드를 없애고 체크카드만 사용하게 되었다. 수입 내에서 절약하며 사는 법을 배우기 시작했다.

또한 기회가 될 때마다 선교헌금을 보내고, 컴패션을 통해 아이를 후원하고, 교회에서 진행하는 여러 건축헌금을 하게 되었다. 대부분 아내의 적극적인 권유로 이루어진 일이다.

7년 풍년과 7년 흉년

나는 대학 2학년 때 IMF 경제 위기를 통해서 어려운 시간을 보냈고, 2008년 서브프라임 경제 위기가 왔을 때는 수강생 수가 급격히 줄어서 생활비가 부족해서 결혼예물을 팔고 대출하기에 이르렀다.

은혜기억

또 다시 세계경제 위기가 올 것을 대비해서 몇 년 전부터 저축을 시작했다. 책과 강의를 통해서 주식이나 부동산에 관해 공부해봤지만 나에게는 그 기회가 열리지 않았다.

창세기를 읽으면서 요셉의 스토리를 통해서 다음 위기를 준비해야 하겠다는 확신을 가지게 되었다.

요셉은 하나님의 지혜로 바로의 꿈을 해석하면서 총리가 되었다. 7년 동안 풍년이 들었을 때, 수입의 5분의 1 즉, 20%를 저축했다. 풍년이 든 해의 20%를 저축하면 흉년에 위기에서 벗어날 수 있었다. 흉년은 성도나 불신자 모두에게 임한다. 이 스토리가 마음 깊이 와닿아서 적극적으로 저축하기 시작했다.

사람은 누구나 수입이 늘면 본능적으로 소비를 늘리고 싶어 한다. 더 좋은 차를 사고 싶고, 더 좋은 집으로 이사가고 싶어 한다. 용돈도 늘리고 외식도 자주 하고 여행도 자주 가게 된다. 하지만 소비를 늘리면 한도 끝도 없다.

그때 읽은 책 중에 하나가 『보도 섀퍼의 돈』인데, 이런 내용이 있다.

수입이 늘면 소비가 늘기 때문에, 기존 생활비를 그대로 쓰면서 추가 수입의 50%는 소비를 늘리는 데 사용하고, 나머지 추가 수입의 50%는 저축한다.

예를 들어 매달 300만 원 버는 사람이 있는데 이 돈을 모두 생활비로 쓴다고 가정해보자. 그런데 수입이 100만 원 늘어서 400만 원을 벌게 되었다. 이때 생활비로 350만 원을 쓰고, 50만 원을 저축하라는 것이다. 그러면 자신이 노력해서 수입이 느는 것에 대해서 만족도 하면서 저축도 늘릴 수 있다는 것이다. 수입이 200만 원 늘었다면 100만 원은 추가 생활비로 사용하고 100만 원은 저축하는 것이다.

나는 이런 식으로 수입이 늘 때 생활비를 늘렸지만, 저축을 더 많이 늘렸다. 어떤 때는 수입의 20%, 많을 때는 50%까지 늘릴 때도 있었다. 이렇게 몇 년 동안 저축했더니 종잣돈이 꽤 모이게 되었다.

그런데 2020년 3월에 팬데믹이 오면서 세계 경제 위기가 터지기 시작했다. 이전에도 신종플루나 메르스와 같은 전염병이 퍼질 때 레슨에 즉각적인 영향을 받았었다. 그때마다 타격을 입었지만, 몇 달 안에 회복이 되었다.

이번에도 몇 달 지나면 끝날 줄 알았다. 이 원고를 쓰는 2022년 가을 기준으로 코로나의 영향력이 줄어들고 있지만 어떻게 마무리될지는 아직 알 수 없다.

지난 2년 6개월 동안 혹독한 시간을 보내게 되었다. 레슨이 많이 줄었을 때는 70% 정도까지 줄었다. 즉 기존 수입의 30%로 살아야 했던 것이다. 주변 선생님의 경우 90%까지 줄었다는 이야기도 전해 들었다.

풍년의 때에 저축이 없었다면 큰 위기 가운데 빠질 상황이었다. 하나님께서 요셉의 스토리에 은혜를 받게 하시고, 미리 준비하게 하셔서 얼마나 감사한지 모른다.

팬데믹 동안 위기는 잘 넘겼지만 마음고생은 심했다. 성악 레슨은 호흡기 전염병에는 치명적이기 때문이다. 노래할 때 비말이 특히 많이 나오기 때문에 좁은 공간에서 레슨을 하면 전염될 확률이 매우 높다. 그래서 팬데믹 초기에 기도하면서 지혜를 구했다. 어떻게 하면 비교적 안전하게 레슨할 수 있을지 기도하며 방법을 찾아보았다.

그때 떠오른 것이 가림막이었다. 코로나 검사를 하러 가면 검사해 주시는 분이 가림막 안에 있고, 검사받는 사람은 가림막 밖에 있다.

이렇게 비말을 차단하기 위해서 레슨 스튜디오에 플라스틱 가림막을 설치했다. 피아노 쪽과 책상 쪽을 천장부터 아래까지 가림막을 설치해서 비말이 튀지 않도록 환경을 만들었다. 또한 레슨이 끝나면 10분 이상 창문과 문을 열어서 환기했다.

이런 노력과 하나님의 은혜로 인해 2년 6개월 넘게 선생님과 수강생, 그리고 수강생들 간에 전염이 일어나지 않았다.

13 존 비비어의 구원

유튜브 구독자가 늘어나고, 레슨을 받으러 오는 수강생이 늘어나면서 감사하는 마음이 컸지만, 동시에 두려운 마음도 들었다.

나의 말 한마디와 나의 행동이 그들에게 선한 영향력을 미치고 있을까, 자주 생각하게 된다.

누가복음 5장에 보면, 어부들이 밤새 그물을 던졌지만, 빈 그물만 올리고 있을 때, 예수님께서 깊은 데로 가서 그물을 내려보라고 하셨다. 그때 그물이 찢어질 만큼 고기를 잡는 기적을 체험했다. 기쁨도 잠시 베드로는 예수님께 '주여 저는 죄인입니다. 나를 떠나소서.'라고 고백했다. 거룩한 예수님을 만

나면서 두렵고 떨리는 마음으로 가득 찬 것이다.

내가 쓴 책이 많이 팔리고, 유튜브 구독자가 늘어나고, 수강생이 늘어난 것은 나에게 기적과 같은 일이다. 나의 어린 시절을 돌이켜보면 입이 눈하고, 소극적이고, 모든 영역에서 부족한 아이였다.

하나님께서 나를 찾아와 주셔서 구원의 선물을 주시고, 죄를 사해주시고, 성령을 보내주시고, 비전을 주시고, 성장하게 하셨다. 이런 삶은 나 개인이 잘 먹고 잘 살기 위함이 아니라 하나님의 살아계심을 나타내고, 하나님을 높이고, 하나님을 전하기 위함이다.

수년 전에 존 비비어의 『구원』이라는 책을 읽었다. 이 책을 읽고 나의 존재가 흔들리는 듯한 느낌을 받았다. 이 땅에서의 삶은 정말 짧은 삶이다. 그에 비해 사후의 삶은 영원하다. 이 땅을 떠날 때 하나님 심판대에 서게 되는데, 그때 영원의 삶이 결정된다.

이 땅에서 성공하고, 잘 살고, 존경받는 삶을 살더라도 하늘에 보물을 쌓지 않으면 영원의 삶은 초라해질 것이다.

은혜기억

하나님은 우리 한 사람, 한 사람에게 달란트를 주신다. 한 달란트를 받은 사람이 있고, 다섯 달란트를 받은 사람도 있다. 달란트의 크기와 양은 중요하지 않다. 이 땅에 사는 동안 내가 받은 달란트를 투자해서 열매를 맺는 것이 중요하다.

그 열매는 크게 두 가지라고 생각한다. 첫 번째는 자신의 재능과 직업 즉, 평신도의 삶의 현장에서 하나님의 사명을 이루는 것이고, 두 번째는 주님의 사명을 직접적으로 감당하는 것이다.

삶의 현장 속에서

평신도는 삶의 현장이 있다. 전공이 있고, 직업이 있다. 삶의 현장 속에서 하나님의 사명이 무엇인지 깨닫고 헌신해야 한다.

그런즉 너희가 먹든지 마시든지 무엇을 하든지 다 하나님의 영광을 위하여 하라. 고린도전서 10:31

마틴 루터는 "우유 짜는 사람은 하나님의 영광을 위해 소젖을 짤 수 있다."라고 말했다.

영화 '불의 전차'에서 올림픽 육상 선수 에릭 리들은 말했다.

"하나님이 나를 만드신 목적이 있다고 생각한다. 하지만 그분은 또한 나를 빠르게 달리는 사람으로 만드셨고, 나는 달릴 때 하나님의 기쁨을 느낀다." 후에 그는 "뛰는 것을 포기하는 것은 하나님을 모욕하는 것이 될 것이다."라고 말했다.

세속적인 능력은 없다. 단지 능력을 오용할 뿐이다. 하나님의 기쁨을 위해 능력을 발휘해보라.

릭 워렌, 『목적이 이끄는 삶』

윌리엄 윌버포스는 1759년에 부유한 상인의 아들로 태어났다. 그 당시에 영국은 노예를 자유롭게 사고팔 수 있는 사회였다.

윌버포스는 21세에 국회의원이 되고 웅변 실력도 출중했다. 술과 도박을 비롯한 향락 문화에 빠져 살던 윌버포스는 25세에 친한 선배였던 아이작 밀러와 유럽 대륙 여행을 하다가 종교 토론을 하게 되었다. 이것이 계기가 되어서 필립 도드리지(Philip Doddridge)의 『영혼에 있어서 종교의 성장과 진보』를 읽고 회심하게 된다.

그 후로 매일 성경을 읽고 묵상하며 일기를 쓰는 습관을 가지게 되었다.

윌버포스는 존 뉴턴 목사에게 자신이 목사가 되는 게 어떻겠냐고 물었다. 하지만 존 뉴턴 목사는 그에게 국회가 사명지라고 말했다.

윌버포스는 국회의원을 사명으로 삼고 28세에 묵상을 하며 사명을 정리하게 되었다. 그것은 바로 영국의 노예제도 폐지였다.

노예제도는 영국 수입의 3분의 1에 해당했다. 이익이 크기 때문에 두 번의 암살 시도가 있었다. 윌버포스는 이에 굴하지 않고 46년간 싸워나갔다.

74세에 죽기까지 이 꿈을 이루어 달라고 하나님께 기도했다. 결국 노예제도가 폐지되었다.

하나님은 우리를 다르게 창조하셨다. 다양한 재능을 주셨고, 다양한 직업을 주셨다. 평신도 각자에게 주신 다양한 능력을 통해서 하나님을 기쁘시게 하는 삶을 사는 것이 중요하다.

자식을 자랑스러워하는 부모처럼 하나님도 당신이 주신 재능과 능력을 발휘하는 우리의 모습에 특히 기뻐하신다.

하나님은 일부러 우리 각자에게 다른 능력을 주셨다. 어떤 사람은 운동을 잘하도록, 또 어떤 사람은 분석적으로 만드셨다. 우리는 기계, 수학, 음악 또는 그 외의 수천 가지 기술에 대한 능력을 받았을 수 있다. 이 모든 능력은 하나님을 기쁘시게 할 수 있다.

릭 워렌, 『목적이 이끄는 삶』

나를 향한 직업적 사명에 대해 묵상해보았다. 나는 재능이 뛰어난 사람이 아니다. 중고등학교 시절, 노래를 좋아하기는 했지만, 재능이 뛰어나지는 못했다.

나는 고2 때 성악을 시작해서 고3, 재수, 삼수를 해서 서울대 성악과에 합격했는데, 나의 동기 중 한 명은 다른 대학을 다니다가, 6개월간 성악 공부를 해서 합격했다. 목소리가 성악적이고, 성량도 크고, 입만 벌리면 성악적인 발성이 쏟아져 나온다. 성악에서 재능 차이는 매우 큰 편이다. 나는 재능이 부족했기 때문에 노력을 더 많이 해야 했고, 더 많은 노하우가 필요했다.

성악을 좋아하고 연습을 열심히 했지만 성장 속도는 느린 편이었다. 그래서 한 단계 올라가는 데 더 오랜 시간 동안 노력해야 했고, 인내해야 했다. 그래서 학생들을 가르칠 때 느리게 성장하는 학생을 보면 인내하며 기다리는 편이다.

기초가 약하고, 재능이 부족한 학생들을 가르칠 때 절대로 포기하지 않겠다는 원칙을 지키며 가르치고 있다. 학생이 나를 포기할 수는 있어도 내가 학생을 포기하는 경우는 없다.

재능이 약한 학생들은 더 쉽게 설명을 해줘야 하고, 더 많은 노하우를 알려줘야 조금씩 성장한다. 예를 들어 재능이 뛰어난 학생은 10가지 노하우 정도만 알려줘도 빠르게 높은 수준까지 성장한다.

하지만 재능이 부족한 학생을 가르칠 때는 10가지 노하우를 알려줘도 잘 성장하지 못한다. 그래서 20가지, 30가지 노하우가 개발된다. 그 학생들을 포기하지 않고 성장시키려고 애썼기 때문에 쉽게 잘 가르치는 능력을 계발할 수 있었다.

그 노하우를 모아서 발성 책을 출간하게 되고, 발성 유튜브를 만들게 되었다. 앞으로도 나를 찾아오는 수강생들을 성장시키기 위해 끊임없이 노력하고 기도하며 방법을 찾아낼 것이다.

또한 지금까지 여러 권의 책을 쓰면서 성장해왔듯이, 다양한 주제의 공부를 통해서 피터 드러커처럼 80대에도 책을 쓰는 사람이 되길 소원하고 있다.

주님의 사명

직업적 사명도 중요하지만 주님의 사명을 감당하는 것이 더 중요하다. 찬양에 은사가 있다면 성가대, 찬양팀으로 섬기고, 주차, 식당, 안내, 구역장, 구제 사역, 교사 등 자신의 은사에 맞는 다양한 사역을 감당할 수 있다.

그중에서도 가장 중요한 사명은 전도의 사명이다. 고등부 수련회에서 성령세례를 받고 어머니를 전도했다. 동생도 함께 교회를 출석했지만, 믿음을 얻도록 끊임없이 대화하고, 여러 수련회에 함께 가서 은혜를 받았다. 지금은 든든한 신앙의 동역자로 함께 하고 있다. 아버지는 몇번 교회에 출석하기도 하셨지만, 지금도 기도하며 복음을 전하고 있다.

중고등부 시절에 노방 전도도 나가고, 전도 축제 때에는 학교 친구를 초대해서 전도하기도 했다. 대학 시절에는 교회와 선교단체에서 제주, 통영, 강원도 선교를 통해 노방 전도를 꾸준히 했다.

처음 만나는 사람에게 복음을 전하며, 집집마다 초인종을 누르고 방문하며 복음을 전했다. 여러 분에게 복음을 전해서 영접기도까지 하며 신앙생활을 하도록 인도하기도 했다.

그런데 교회에서 함께 나가는 전도나 선교활동을 하러 갔을 때를 제외하고, 혼자서 자발적으로 나가서 꾸준히 전도하는 게 쉽지 않았다. 이유를 생각해보았다. 왜 노방전도를 힘들어할까.

처음 만나는 사람에게 복음을 전할 때 거절에 대한 두려움이 있었다. 어떤 사람은 무시하기도 하고, 어떤 사람은 잡상인을 대하듯이 쫓아내기도 했다.

성격적으로 거절당하는 것을 힘들어했던 것 같다. 그러다가 두 분의 책과 간증을 통해 전도가 많이 바뀌게 되었다. 바로 황수관 교수님의 전도법과 김기동 집사님의 고구마 전도법이었다.

황수관 교수님은 입원한 환자에게 친절하기로 유명하다. 다른 교수들보다 더 자주 찾아가서 안부를 묻기도 하고, 수술한 다음 날에는 사모님이 직접 죽을 준비하게 해서 대접하기도 한다. 그렇게 정성을 다해서 환자를 대하면서 전도를 했다. 많은 환자가 교수님의 친절과 복음 전도를 통해서 예수님을 믿게 되었다.

나는 이 스토리를 듣고 은혜를 받았다. 내가 가르치는 학생과 아마추어 중에 불신자가 있다. 처음부터 바로 복음을 전하는 것이 아니라 충분히 실력을 키워주고 감동을 주고, 돈독한 관계를 가지게 되면 복음을 전한다.

예를 들어 한 학생을 수개월 혹은 몇 년 동안 가르쳐서 대학에 합격하거나 실력이 많이 향상되었다. 때가 되면 그 학생과 이렇게 대화한다.

"그동안 레슨을 받으면서 많이 성장하고 좋은 결과가 있어서 참 기뻐! 내가 조금이나마 도움이 되어서 참 감사해."
"선생님 덕분에 좋은 결과가 있었어요. 정말 감사드립니다."
"내가 지금까지 준 도움이 너에게 1의 도움이라면, 이제 말할 내용은 100의 도움이니까 들어봐."

이렇게 말하고 나의 간증과 사영리를 전한다. 여기까지 전하면 바로 받아들이는 학생도 있고, 생각해 보겠다면서 거절하는 학생도 있다.

이전에는 거절하는 것에 대해 두려움과 자존심이 상하는 마음이 있었지만, 고구마 전도법에 대한 간증을 듣고 그 어려움이 많이 줄어들게 되었다.

김기동 집사님의 고구마 전도 간증은 2006년에 처음 테이프로 듣고, 운전할 때 자주 들어서 테이프가 늘어질 정도로 들었다.

젓가락으로 고구마를 찔러봐서 생고구마인지, 잘 익은 고구마인지 확인을 해보는 것이다. "예수 믿으세요?"라고 물어보는 것이 젓가락으로 찔러보는 것이다.

그러면 버럭 화를 내며 거부하는 사람이 있다. 이런 사람은 생고구마다. 그러면 이렇게 말한다.

"예수 믿어보세요. 제가 믿어보니까 너무 좋습니다."

그리고 쿨하게 헤어진다. 젓가락으로 한번 찔러본 것이다.

다음에 또 그 사람을 만나면 이렇게 말한다.

"제가 기도하고 있습니다."

이때 그 사람이 이렇게 말한다.

"기도하지 마세요. 안 믿어요."

그러면 이렇게 생각하면 된다. '아직도 안 익었네!' 이렇게 젓가락으로 고구마에 구멍을 내면서, 익어가기를 기다리는 것이다.

또 어떤 사람에게 물어본다.

"예수 믿으세요?"
"저 믿어도 될까요?"

이런 사람은 익은 고구마다. 온갖 고난을 경험하고 의지할 존재를 찾고 있던 사람이다. 주님께서 예비해주신 영혼이다.

이런 식으로 익은 고구마를 찾아내고, 아직 익지 않은 고구마에게는 기도하고 있다고 말하면서 익기를 기다린다.

한 설문조사에서 새 신자에게 물어봤다고 한다. '예수님을 믿기까지 몇 번의 전도를 받았는가?' 평균적으로 7번 정도 전도 받았다고 한다. 지금 내가 복음을 전했을 때 7번 중의 한 번이라고 생각하면 부담이 줄어들게 된다.

한 아마추어가 기억이 난다. 30대 후반의 남자 아마추어였는데, 발성을 배우기 위해 찾아왔다. 어떤 계기로 발성을 배우러 왔는지 물었더니, 자신이 운동권에서 활동하고 있는데,

관련 음악회에서 활동하기 위해서라고 했다. 성격이 다소 강한 스타일이었다.

수개월 동안 열심히 가르쳐서 실력이 많이 향상되었다. 때가 되어 간증과 사영리를 전했다. 솔직히 성격이 강한 편이라서 강하게 거절하지 않을까 조금 걱정을 했다. 그런데 복음을 전하자 좋은 말씀 감사하다며, 자신의 신념과 다르기 때문에 받아들일 수는 없다며 부드럽게 거절했다.

이때 거절을 당하고 나서 기분이 다운되지 않았다. 이 수강생도 지금은 생고구마여서 당장 복음을 받아들일 준비는 되어 있지 않지만, 언젠가 때가 되어 복음을 받아들인다면, 7명 중 1명의 몫을 했기 때문에 나의 몫은 거기까지라고 생각했기 때문이다. 그리고 한 번씩 안부 연락이 올 때마다 기도하고 있다고 하며 답장했다.

무교, 불교, 천주교 등 다양한 학생에게 복음을 전할 수 있어서 참 감사하다. 복음을 전했을 때 영접기도를 하고, 교회까지 연결되면 가장 감사하지만, 당장 믿지 않더라도 때가 되면 믿을 수 있도록 기도하며 전도한다.

수강생 중에 기독교인이 가장 많다. 그들 중에는 교회를 출석하지만 믿음이 없이 출석하거나 낙심한 영혼들이 있다. 그러면 고민을 들어주고, 함께 기도해준다. 또 도움이 될 만한 책과 간증을 권해준다.

14 주께 가까이

주님과 가까워지고 영적으로 도약했던 날들을 돌아보면, 주님께 집중적으로 마음과 시간을 드렸을 때 은혜 가운데 거하게 되었다는 것을 알게 된다.

나는 중학교 1학년 때부터 고등학교 3학년까지 매년 수련회에 참석했다. 사실 중학교 시절에는 교회에 가서 노는 게 좋았다. 형들과 찬양하는 것이 즐거웠고, 예배 후에 함께 운동하고 분식집에서 함께 먹으며 노는 것이 즐거웠다.

그러다가 고등학교 2학년 수련회에서 주님을 깊이 만나게 되었다. 고등학교 3학년 때에는 여름 방학 때 보충수업이 있어서 수련회에 가기 힘든 상황이었지만, 담임선생님께 말씀드려서 수업을 빠지고 수련회에 참석을 할 수 있었다.

집중적으로 주님께 나아가면 때가 되었을 때 주님께서 만나 주시고 은혜를 주신다.

입대 전에 휴학을 하고 11개월 정도 시간이 있었다. 그때 성 가대 형이 예수전도단 캠퍼스모임을 알려주었다. 그 형이 예 수전도단에서 전도여행을 다녀왔는데 하나님의 음성을 들으 면서 갈 곳을 정하고 전도했다는 간증을 들었다. 감동을 받고 함께 캠퍼스모임에 참석하게 되었다. 그때 예배에서 찬양할 때 큰 은혜를 받았다. 예배 마지막 시간에 플로잉이라는 것을 했는데, 자신의 돈을 다른 지체들에게 나누어 주는 모습을 보고 눈물을 펑펑 흘리며 은혜를 받았다. 그 날 서울대 예수 전도단 형제와 자매를 만나게 되어서 선교단체에 처음으로 들 어가게 되었다. 간사님께 일대일 훈련을 배정받고, 7단계, 6 기초 교재로 깊이 있는 성경공부를 하게 되었다. 수개월 동안 예수전도단 훈련과 전도여행을 통해서 주님을 깊이 있게 알게 되는 시간을 가졌다.

대학 4학년 때 한 학기를 남겨놓고 휴학하게 되었다. 이때 예수전도단의 DTS 훈련을 받았다. 강의와 전도여행을 통해 주님께 깊이 있게 나아가는 시간이었다.

결혼 후에는 온누리교회에서 매년 열리는 성령축제와 부흥축제를 참여하면서 큰 은혜를 받았고, 한미준 수련회에서 찬양팀을 섬기게 되어서 신학생 대상으로 진행했던 설교와 강의를 들으면서 수년 동안 큰 은혜를 받는 시간을 가지게 되었다.

교회에서 여름선교와 겨울선교, 특별새벽기도회, 간증집회에 참석하면서 큰 은혜를 누리게 되었다.

뒤돌아보면 하나님 앞에 나아간 시간이 참 많았다는 것을 알게 되었다. 주님을 구하고 찾으면, 주님은 만나주신다.

아직 은혜의 경험이 없는 성도라면 집중적으로 주님께 나아가는 시간을 만들어 보기를 권하고 싶다.

다윗의 길 Vs 여로보암의 길

인생의 하프타임을 지나면서 지난날을 돌이켜 보면, 주님의 말씀에 순종하며 살 때가 있었고, 불순종하며 살 때가 있었다. 순종과 불순종은 삶의 결과를 완전히 바꾸어 놓는다. 머리로는 알고 있지만, 하나님보다 세상의 재미와 쾌락에 집중하면 주님과 멀어지고 죄 가운데 거하게 된다. 그 결과 삶은 비참해지고 고난 가운데 빠지게 된다.

주님은 사랑하는 자녀에게 징계를 주신다. 불순종하고 죄 가운데 거하면 채찍질을 하신다. 이것은 자녀를 망하게 하는 것이 아니라 살리기 위해서다.

징계를 주실 때 회개하면 다윗이 되고, 계속 불순종하면 사울이 된다. 고난을 주실 때 돌이키면 베드로가 되고, 자기 마음대로 살면 가룟 유다가 된다.

열왕기상과 열왕기하를 읽어보면 수많은 왕이 나온다. 그들을 크게 두 부류로 나눌 수 있다. 다윗의 길로 간 왕들과 여로보암의 길로 간 왕들이다.

여로보암의 길로 간 왕들은 하나님의 말씀에 불순종하고 우상을 숭배하고, 자신이 원하는 욕망대로 살았던 왕들이다. 그 결과는 비참하다. 역사서에서 불순종한 왕들의 비참한 말로를 확인할 수 있다.

반면 다윗의 길로 간 왕들은 하나님의 말씀대로 순종하고 우상을 타파하고, 자신의 욕망을 내려놓고 주님의 뜻대로 살기 위해 몸부림을 친 왕들이다.

여호사밧은 다윗의 길을 따랐다고 성경은 증거한다.

여호사밧이 왕이 되면서부터 그의 조상 다윗이 걸어간 그 길을 따랐으므로 주님께서 여호사밧과 함께 계셨다. 여호사밧은 바알 신들을 찾지 아니하고 다만 그의 아버지가 섬긴 하나님을 찾으며 그 하나님의 계명을 따라 살고 이스라엘 사람의 행위를 따르지 않았으므로 주님께서는 여호사밧이 다스리는 나라를 굳건하게 해 주셨다. 온 유다 백성이 여호사밧에게 선물을 바치니 그의 부귀와 영광이 대단하였다.

역대하 17:3~5

왕위에 오른 지 3년이 되었을 때 백성들에게 말씀을 가르치기 시작했다. 방백 다섯과 레위인 아홉, 그리고 제사장 둘을 세워서 율법책을 가지고 유다의 모든 성읍마다 다니며 가르치게 했다.

역대하 17:8~9

은혜기억

여호사밧은 우상을 없애고 하나님의 말씀대로 살았다. 그리고 레위인과 제사장을 세워서 말씀을 가르치도록 했다.

히스기야도 다윗의 길을 따랐다.

히스기야는 조상 다윗이 한 모든 것을 그대로 본받아 주님께서 보시기에 올바른 일을 하였다. 그는 왕이 되던 그 첫해 첫째 달에 닫혔던 주님의 성전 문들을 다시 열고 수리하였다.

역대하 29:2~3

이렇게 하여, 주님의 성전에서 예배를 드리는 일이 다시 시작되었다.

역대하 29:35

히스기야는 닫혀있던 성전 문을 열고 수리하고 제사장과 레위 사람들을 모아서 제사를 다시 시작하게 했다. 하나님의 말씀에 순종하고 하나님을 예배드리게 된 것이다.

요시야는 여덟 살에 왕이 되었지만, 8년이 지난 후 여전히 어린 16세에 다윗의 하나님을 찾기 시작했다. 바알과 아세라를 찍어 없애고, 성전을 수리했다. 그리고 모세의 율법책을 발견하고 말씀을 읽고 회개했다.

이런 요시야를 한마디로 성경은 이렇게 요약했다.

요시야는 주님께서 보시기에 옳은 일을 하였고, 그의 조상 다
윗의 길을 본받아서 오른쪽으로나 왼쪽으로 곁길로 벗어나지 않
았다.

역대하 34:2

다윗은 하나님을 사랑하고, 하나님의 이름으로 싸우고, 하
나님 말씀대로 순종하고, 하나님을 예배하는 삶을 살았다.
물론 밧세바 사건을 비롯해서 범죄하고, 압살롬에게 쫓기는
어려움도 당했지만, 하나님을 사랑하는 마음은 한결같았다.

국가도 다윗의 길을 따를 때와 여로보암의 길을 따를 때의
차이가 명확한데, 나의 짧은 인생에서도 다윗의 길을 따를 때
와 여로보암의 길을 따를 때의 차이가 명확했다.

이제 후반전의 삶은 다윗의 길만 따르기를 원한다. 하나님
과 친밀해지고, 하나님 말씀에 순종하는 삶을 살기를 원한
다. 그래서 수년 전부터 하루의 삶, 한 주의 삶을 주님과 친밀
한 삶을 살기 위해 디자인해왔다.

출근할 때 설교 한 편을 듣는다. 출근해서 핵심 기도 목록 50가지를 놓고 기도한다. 그 후에 찬양 mr을 틀어놓고 하나님께 찬양을 올려 드린다. 그리고 줄을 그어 놓았던 성경을 매일 일정 분량만큼 쓰면서 정리하며 묵상한다. 잠들기 전에는 내가 만들어 놓은 신앙서적 오디오북을 들으며 잠든다.

일주일에 한 번은 조금 더 깊이 있게 기도를 드린다. 금요철야 예배나 수요일에 기도 목록을 작성하며 기도를 드린다. 새로운 신앙 서적이 나오면 줄을 긋고 모서리를 접으며 한 번을 읽는다. 두 번째 읽을 때 워드로 요약하며 정리한다. 다음으로 오디오북을 만든다. 그리고 등산할 때나 운전할 때, 잠자기 전에 듣는다.

성경을 줄을 그으며 일독하면 다른 버전의 새로운 성경을 구입해서 일독한다. 줄을 그은 부분은 매일 요약하며 정리하며 묵상한다.

부흥회나 간증 집회에 참석하거나 새롭게 하소서 유튜브 간증을 듣는다.

일년에 몇 차례는 기도원에 가서 기도한다. 기도원에서 기도하면 언제나 기도가 잘 된다.

이런 행위의 동기는 언제나 하나님과 친밀해지기 위한 것이다. 하나님을 찬양하고, 기도를 드리고, 말씀을 읽으면서 주님의 음성을 듣고, 순종하는 이 모든 것은 주님과 가까워지기 위해서다.

아직도 여전히 불순종할 때가 있고, 넘어지고, 실수하는 부분이 있다. 이런 죄악으로 주님과의 관계가 멀어진다는 것을 수없이 많이 경험했다. 그렇기 때문에 주님과 더욱 가까이 동행하기 위해서 죄를 멀리하려고 부단히 애쓰고, 예수 그리스도의 피를 의지해서 회개의 자리로 나아간다.

거룩한 산

여호와는 위대하시니 우리 하나님의 성, 거룩한 산에서 극진히 찬양 받으시리로다.

시편 48편 1절

등산을 갈 때 가족과 함께 갈 때도 있지만, 혼자 등산할 때가 가장 많다. 등산을 그리 좋아하지 않는 아이들과 함께 갈 때는 주로 2~3시간 코스로 가는 편이다. 홀로 산에 갈 때는 적게는 3시간에서 많게는 7시간 코스로 간다.

처음에는 건강을 위해서 등산을 다녔지만, 어느 날 되돌아보니 산에서 설교를 듣고, 찬양을 하고 있는 나를 발견했다. 그래서 등산 예상 시간이 정해지면, 그날 들을 설교와 간증, 오디오북, 찬양을 스마트폰에 준비한다.

나무 향기를 맡으며 아름다운 숲을 걸으며 하나님과 깊은 교제에 들어간다. 오로지 하나님의 말씀을 듣고, 하나님을 찬양하고, 하나님과 대화한다.

설교나 간증을 듣다가 나에게 주시는 말씀이 있으면 잠시 땀을 식히며 쉬면서 스마트폰 메모장에 적는다. 또한 구체적인 기도 제목을 떠오르게 하시면 즉시 메모장에 적는다. 바로 적지 않으면 깜빡하기 때문이다. 앞으로 어떤 방향성을 가지고 살아야 할지 고민하며 기도하고 있을 때, 하나님께서 구체적으로 걸음을 인도하실 때가 많다.

예수님은 산에서 기도를 자주 하셨다. 마태복음 14장에 보면 예수님은 오병이어의 기적을 행하신 후에 무리를 헤쳐 보내시고 따로 기도하시려고 산에 올라가셨다. 출애굽기 19장에 보면 모세는 시내산에서 십계명을 받았다.

나에게 있어서 산은 거룩한 장소이다. 그 무엇에도 방해받지 않고, 하나님을 찬양하고, 하나님의 말씀을 듣고, 하나님께 기도한다. 하나님과 일대일로 만날 수 있는 이 시간이 언제나 기대된다.

에필로그
한량없는 은혜

주님께서 주신 은혜를 기억하고 기록해 보니, 하나님은 살아서 역사하시는 분임을 깨닫게 된다. 예수님께 나아가면 은혜를 경험하게 된다.

예수님을 믿을 때 구원의 은혜를
말씀을 읽을 때 깨닫는 은혜를
위기 상황에서 기도할 때 건져주시는 은혜를
성령을 구할 때 임재하시는 은혜를
죄를 깨닫게 하시고 회개하게 하시는 은혜를
소원을 주시고 성취하시는 은혜를
좋은 스승, 멘토, 친구를 보내주시는 은혜를
주님의 사명을 감당하게 하는 은혜를
주님께 나아가면 한량없는 은혜를
경험하게 된다.

이런 은혜를 기억하고, 기록하고, 기념할 때 풍성한 은혜를 끊임없이 경험하게 된다.

예수님이 한 마을을 지나가실 때 나병환자 열 명이 멀리서 불쌍히 여겨달라고 외쳤다. 예수님은 그들에게 제사장에게 몸을 보이라고 하셨다. 그들은 제사장에게 도착하기도 전에 가는 길에 이미 나병이 치유되었다. 열 명 중 한 명은 예수님께 돌아와서 엎드리며 감사를 표했다. 예수님이 말씀하셨다.

나머지 아홉은 어디에 있느냐? 일어나 가라. 네 믿음이 너를 구원했다.

누가복음 17장

예수님께 나아가면 은혜를 경험하게 된다. 그 은혜를 주님께 감사드리면 은혜는 더욱 풍성해진다. 하지만 그 은혜를 잊으면 은혜의 물줄기는 점점 마르게 된다.

노트와 메모장에 여러분이 받은 은혜를 기록해보길 권한다. 기록하면 얼마나 크신 은혜가 임했었는지를 깨닫게 된다. 하나님께 감사하게 된다. 그래서 끊임없이 은혜의 자리로 나아가게 된다.

은혜기억

명석한 두뇌보다 흐릿한 잉크 자국이 오래간다는 속담이 있다.

은혜를 기록함으로 은혜를 잊지 않고 기억하고 주님께 감사하는 삶으로 나아가자. 그 은혜를 혼자 간직하지 말고 가족에게 나누고, 순모임이나 구역모임에서 나누어보자. 믿지 않는 친구와 동료에게 간증을 나누어보자. 여러분의 삶에 하나님의 은혜가 가득하길 기도하며….

나의 나 된 것은 다 하나님 은혜라!